„Der Lehrer von Stein"

Vom Leben der Menschen im oberbayerischen Priental (1908 - 1927)

von

Wolfgang Bude

Herausgegeben vom Heimat- und Geschichtsverein
Aschau i.Chiemgau e.V.

2015

Impressum

Herausgeber: Heimat- und Geschichtsverein Aschau i.Chiemgau e.V. (HGV)
               www.geschichtsverein-aschau.de
               © 2015

Autor: Wolfgang Bude, Aschau i.Ch.

Satz & Druck: Rieder Druckservice GmbH, Hallwanger Str. 2, 83209 Prien a.Ch.

Nachdruck, auch auszugsweise, nur mit Genehmigung des Herausgebers
© HGV Aschau i.Chiemgau e.V. (www.geschichtsverein-aschau.de)

ISBN: 978-3-00-049871-8

Titelbild: Max Hickl, „Der Lehrer von Stein", Selbstbildnis um 1915
               Archiv Heimat- und Geschichtsverein (HGV); Nachlass Max Hickl

Umschlag-   Übersichtskarte aus Bruckmann's illustrierte Reiseführer Nr. 131-132:
Seite 2   „Hohen- und Niederaschau" – Ein Führer für Fremde und Einheimische,
               4. Auflage, herausgegeben vom ehemaligen „Verschönerungsverein
               Aschau", 1906; Archiv HGV Aschau i.Ch.

*Irmgard & Dr. Siegfried Hickl († 30.10.1999), deren Nachkommen
und den ehemaligen Schülern der Schule Stein gewidmet.*

Inhalt

Liebe Leserinnen und Leser,

schon immer gibt es Menschen, die international, im eigenen Land, in ihrer Region oder im eigenen Ort Herausragendes leisten, die wegen ihres Engagements für die Gemeinschaft - in welcher Weise auch immer – in guter Erinnerung bleiben.

Auf das Priental bezogen denken wir dabei beispielsweise an das Sachranger „Universalgenie", den „Müllner-Peter" alias Peter Huber, die sozialen und kulturellen Leistungen einer Anna-Cariklia und eines Theodor von Cramer-Klett, die seelsorgerische und menschliche Zuwendung des unvergessenen Hohenaschauer Schlosskaplans, „Monsignore" Dr. Alois Röck oder an das musikalische Wirken des Aschauer Komponisten Hans Mielenz.

In dieser Reihe steht aber auch ein Mann, der zwei Generationen nach dem Müllner-Peter, genau wie dieser, dem abgelegenen Gebirgstal und dessen Bewohnern seinen Stempel aufdrückte: Der Lehrer an der Einödschule Stein, Max Hickl.

An seinem Beispiel, aus dem Blickwinkel des „kleinen Mannes", lässt sich die schwierige Zeit seines Wirkens im Priental (1908 – 1927) festmachen. Seine positive Neugier und Aufgeschlossenheit gegenüber Neuerungen und deren Nutzbarmachung, sein Einsatz für die Belange der Menschen im Tal, seine vorbildhafte Tätigkeit in allen Bereichen des täglichen Lebens und die Fähigkeit, Dinge und Geschehnisse seiner Steiner Zeit, akribisch mit dem Fotoapparat festzuhalten und zu beschreiben, sind sein Verdienst. Auf diese Art hat er uns einen wahren Schatz hinterlassen, der es uns heute ermöglicht, einen intensiven Blick „hinter die Kulissen" einer sonst vielleicht längst vergessenen Zeit zu ermöglichen.

Seiner Familie, vor allem Frau Irmgard Hickl (Schwiegertochter), verdankt der Heimat- und Geschichtsverein Aschau i.Ch. den gesamten Nachlass mit dem umfangreichen Fotoarchiv (etliche Alben und über 1.000 beschichtete Fotoplatten und Dias), etliche Exponate (die im „Max-Hickl-Zimmer" im ehem. Sachranger Schulhaus ausgestellt sind) und erläuternde Geschichten aus Gesprächen.

Die wichtigsten durfte ich noch mit Siegfried Hickl, dem jüngeren der beiden Söhne, in den 1980er Jahren führen, mit dem ich zusammen 1987 die Ausstellung „Der Lehrer von Stein" und die dazu erarbeitete Broschüre gestaltete. Durch diese Recherchen entstand eine recht gute Vorstellung von der Epoche, die sich aus Vorkriegszeit, Kriegs- und Inflationsjahren und dem wieder beginnenden wirtschaftlichen Aufschwung zusammensetzt.

Wer weiß heute noch von der bitteren Not während der Inflationszeit? Wer weiß noch, dass die Zwangswirtschaft für Milch und Butter erst im Juni, die für Mehl im August

1921 endete und erst am 15.10.1923 – kurz vor Einführung der „Rentenmark" - die Brotkarte abgeschafft wurde oder das „Elektrische" erst 1922 nach Sachrang kam? Einfallsreichtum und persönlicher Einsatz waren notwendig, um Fehlendes zu ersetzen. Lehr- und Lernmittel waren rar, Schiefertafeln wurden abgeschliffen und mit neuen Zeilen versehen, Landkarten mussten gezeichnet und mit dem „Hektographen" vervielfältigt werden. Hickl schuf quasi aus dem Nichts einen Mustergarten, hielt sich Haustiere und Bienenvölker. Überall und jederzeit machte er sich nützlich, wenn es um Belange der Allgemeinheit ging; er war Mitglied beim Alpenverein, bei der Bergwacht, ebenso wie beim Beamtenbund oder Lehrerverein, gründete verschiedene Vereine. Er hatte das Gespür für die Anwendung der neuesten Techniken, die das einsame Leben im abgelegenen Priental erleichterten (Strom, Fahrrad, Telefon, Lichtbilder, Radio, Motorrad, usw.).

Nicht ohne Grund ernannten ihn die Gemeinden Sachrang und Aising zum Ehrenbürger.

Durch sein Wirken und seinen Nachlass hat sich Max Hickl selbst ein bleibendes Denkmal gesetzt.

Wolfgang Bude

Kapitel I

Von Leben und Arbeit im Priental im 19. Jahrhundert

Die „gute alte Zeit"

Bevor wir uns mit Max Hickl, insbesondere seinem Leben und Wirken an der Schule Stein beschäftigen, scheint es sinnvoll, einen Blick zurück ins 19. Jahrhundert zu werfen, in das er am 27. Januar 1883 in seinem Elternhaus in der Innstraße 41 in Rosenheim hineingeboren wird. Vielleicht können wir dann einige Dinge besser verstehen, nachvollziehen und beurteilen, die ihn bewegten und die er durch sein Beispiel anstoßen konnte.

Dabei berührt uns weniger das große Weltgeschehen, sondern vielmehr dessen Auswirkungen auf das Wohl und Wehe der „kleinen Leute auf dem Lande" hier im westlichen Chiemgau. Vor allem interessieren uns die Menschen im abgelegenen Priental, ihre Lebensumstände, ihre Sorgen und Nöte während und nach dem ersten großen Krieg, ihr Alltag und ihre Perspektiven, ihre Geschichten.

„Blick ins Priental", um 1850, Aquarell von Ludwig Rottmann;
Heimat- und Geschichtsverein Aschau i.Ch. (HGV)

Zwischen Kampenwand und Geigelstein, Spitzstein und Zellerhorn eingebettet, entstehen etwa seit dem 12. Jahrhundert die Hauptorte (ab Mitte des 19. Jahrhunderts selbständige Gemeinden) dieses reizvollen Gebirgstales, Nieder- und Hohenaschau und das an Tirol angrenzende Bergdorf Sachrang.

Mittendrin, auf halbem Wege von Hohenaschau nach Sachrang, an einer felsigen Engstelle der Prien, liegt eine, der für das Tal so typische Einöden, namens Stein. Sie wird zwangsläufig in den Mittelpunkt unserer Betrachtungen rücken.

„Von der Hegermühle aus Hohenaschau", 1873;
kolorierte Bleistiftzeichnung, Maler unbekannt, Privatbesitz

„Niederaschau um 1870";
Bleistiftzeichnung, Maler unbekannt, Privatbesitz

„Sachrang mit Kaisergebirge", 1898; Ansichtskarte,
Archiv Heimat- und Geschichtsverein Aschau i.Ch. (HGV)

8

Durch das Priental, dem der Gebirgsfluss seinen Namen gab, bis nach Sachrang, führt seit Jahrhunderten eine schmale Straße, besser gesagt, zu dieser Zeit ein befahrbarer Feldweg. Mag es auf den ersten Blick eine unbedeutende, abgelegene Verkehrsverbindung gewesen sein, kam ihr von Fall zu Fall dennoch nahezu strategische Bedeutung zu. Sie war quasi eine Art „Schleichweg", ein durchaus schwer zu bewältigender Umweg, sollte das breite Inntal aus militärischer Sicht nicht passierbar sein. Der Begriff „abgelegen" wird einem erst richtig bewusst, wenn man sich den einfachen Weg von Niederaschau bis Sachrang (ca. 12 km) mit der „Geschwindigkeit" eines Ochsenfuhrwerks vorstellt, das für die staubige Strecke etwa fünf Stunden braucht.

„Ja, de guade oide Zeit!" - Wer kennt ihn nicht, den von Eltern oder Großeltern, meist mit einem Seufzer verbundenen Ausspruch. Wohl auch eine der Wurzeln des Irrglaubens, dass in der Zeitspanne vor dem I. Weltkrieg, als seine Königliche Hoheit, Prinzregent Luitpold, das Schicksal Bayerns lenkt, die Welt noch in „Ordnung" ist.
Wie zeitgenössischer Literatur zu entnehmen ist, wähnten sich die Menschen an der Wende zum 20. Jahrhundert – übrigens wie wir heutzutage auch – auf dem neuesten Stand von Wissenschaft und Technik. Das kommt wohl daher, weil wir es nicht gewohnt sind, weiter als vielleicht eine Lebensphase voraus zu denken. Was danach kommt, interessiert die meisten nicht. Wen regt es schon auf, was in einhundert oder gar zweihundert Jahren aus dieser Welt geworden sein wird?
Vielleicht haben wir ja die Chance, wenigstens aus der Vergangenheit etwas zu lernen. Deshalb ist ein Rückblick wohl nicht ganz verkehrt.

Physikatsbericht für das Landgericht Prien von 1861

Einen recht guten Einblick in die Lebensumstände der Menschen in diesem Gebirgstal, das nach Auflösung der Adelsgerichte Hohenaschau und Wildenwart verwaltungsmäßig 1853 im Landgerichtsbezirk Prien aufgeht[1], verschafft das Visitationsprotokoll des Priener Gerichtsarztes, Dr. Karl Ramis, aus dem Jahre 1861[2].

---

[1] „Die Kunstdenkmäler der Stadt und des Landkreises Rosenheim", Bd. II/2, Peter von Bomhard, Albert Aschl, Rosenheim 1957, Seiten 8 ff.

[2] Oberbayerisches Archiv, Bd. 123, München 1999; Johannes Fuchs, „Der Physikatsbericht für das Landgericht Prien von 1861, Seiten 315-377

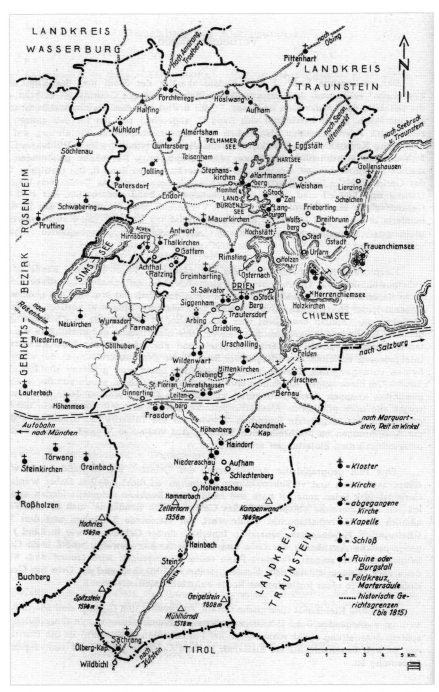

Die Grenzen des „Kgl. Landgericht Prien" nach Peter von Bomhard (siehe Fußnote 1!)

10

Zwar reicht diese von der neuen königlichen Landesregierung angeordnete Beschreibung von Land und Leuten im Geburtsjahr Hickls bereits gut 40 Jahre zurück, dennoch helfen die zusammengefassten Ergebnisse der umfangreichen Ermittlungen die Zeit bis zur Jahrhundertwende besser zu verstehen. Änderungen brauchen Zeit, besonders auf dem Lande, wo sich der gesellschaftliche, infrastrukturelle und kommunikative Wandel - anders als in Städten und Ballungszentren - nur recht langsam vollzieht. Neben einer ausführlichen medizinisch-topografischen Beschreibung des Gerichtsbezirks Prien beinhaltet die Erhebung u.a. recht aufschlussreiche Untersuchungen zur Ethnographie.

So schreibt Ramis über die *„physische und intelectuelle Constitution der Bezirksbevölkerung"*

„Der Bezirk Prien ist ein rein ländlicher, denn er enthält keine Stadt, ja nicht einmal einen Marktflecken, und sein Hauptort selbst, die frühere Hofmark Prien, die vielleicht den letztern Namen verdienen möchte, ist bis jetzt nur ein großes, freundliches Dorf. Die Bevölkerung des Bezirkes ist vielmehr in größern und kleinern Dörfern, Weilern und Einöden über den ganzen Flächenraum zerstreut, und gehört somit ihrer Allgemeinheit nach ganz der ländlichen Bevölkerung an, deren Mehrzahl und Kern der Bauernstand ausmacht. Weit in der Minderzahl, unter diesen je nach dem Bedarfe zerstreut, finden sich die Wirths-, Krämer- und Handwerkerfamilien, die die nothwendigen Bedürfniße des Lebens und Hauses darbieten und erzeugen, und selbst an Bildung, Denk- und Lebensweise von der Bauernbevölkerung, in deren Mitte sie leben, sich nicht wesentlich unterscheiden; nur die Bewohner von ein paar größern Orten, wie Prien, Niederaschau, Endorf, Halfing usw. reihen sich zum Theile dem eigentlichen Bürgerstande an.

Das Bild also, welches die physische und intellektuelle Constitution der Bevölkerung schildern soll, ist demnach vorherrschend die Charakteristik des eigentlichen Landmannes, des Bauern unseres Bezirkes, ein Bild, nicht nur bedingt durch die ureigenthümliche Stammesanlage, sondern auch modifizirt durch die Einflüße, welche Nahrung, Lebensweise, Bildung und Gewohnheiten, ja die staatsbürgerlichen Verhältniße auf diesen Stand mehrhundertjährig fast in gleicher Weise ausgeübt und ihn eben zu dem gemacht haben, was er jetzt ist. ….."

Dann liefert Ramis eine detaillierte Beschreibung der Männer

(„… korpulente und dicke Männer sind selten…"),

und des „weiblichen Geschlechts"

(„…Die Gesichtsbildung kann man nur ausnahmsweise gefällig und hübsch nennen, und zwar öfter und mehr bei den Flachländerinnen als bei den Bergbewohnerinnen, findet aber im Allgemeinen besonders in den, übrigens sehr kurz dauernden, Blüthejahren den Ausdruck von Kraft und Gesundheit, obwohl auch bei diesem Geschlechte häufig sowohl im Gesichtsausdrucke als im ganzen

Habitus eine gewiße phlegmatische Torpidität[3] *unverkennbar durchscheint. Die Körperkonstitution der beiden Geschlechter ist in der Regel eine rüstige und kräftige....")*

und der Kinder

("Das Kind, wenn es die allerdings oft schlimmen Einflüße der Pflege während seines ersten Lebensjahres hinter sich hat, bewegt sich viel im Freien ohne hemmende und schädliche Kleidung und wird hiedurch frühzeitig gegen nachtheilige Witterungseinflüße abgehärtet und gekräftigt, während seine Gliedmaßen sich gleichmäßig und ungehemmt entwickeln. Bei einfacher und reizloser Kost aufgezogen, wird es allmälig seinen Jahren gemäß in die ländlichen Arbeiten eingeführt und damit seine Muskelkraft geübt und gestählt....").

Die Sterblichkeit im Bezirk bezeichnet Ramis mit 2,5% jährlich als *„mäßig"*. Davon bildet allerdings die Anzahl der in einem Jahr gestorbenen Kinder beiderlei Geschlechts mit nahezu 50% das größte Contingent.

Dann geht die Erhebung auf das *„beobachtete Temperament der Bevölkerung"* näher ein, die der Bezirksarzt als *„das gewöhnlich phlegmatisch-sanguinistische, seltener das sanguinisch-cholerische"* analysiert. Er erläutert, wie dieses Temperament die Grundlage für die körperlichen Zustände innerhalb der *„Gesundheitsbreitengrade"* der Menschen bildet und welche typischen Krankheiten seiner Ansicht nach daraus entstehen.

In intellektueller Beziehung vergleicht er die Bevölkerung mit dem *„allgemeinen Charakter des Oberbayerischen Landvolkes"*.

Diesen umreißt er so: *„...Von Natur aus mit hinreichendem, oft nicht unbedeutendem Verstande versehen, aber wenig und nur in den einfachsten Gegenständen unterrichtet, besitzt der Bauer unserer Gegend für Ideen und Dinge, die nicht über seinen gewöhnlichen Lebenskreis hinausgehen, eine klare und, wenn auch nicht sehr rasche und regsame, doch entsprechend genügende Auffaßungsgabe, die eine Unterhaltung des Gebildeten mit ihm über solche Gegenstände ermöglicht, ja angenehm machen kann, und unsere Bevölkerung vortheilhaft von den eigentlichen Flachländern unterscheidet...."*

Er bescheinigt dem Bewohner des westlichen Chiemgaus einen *„tiefen Sinn für Religiosität, der sich mit seinem ganzen Leben aufs Innigste verwebt hat"* und schildert ihn als *„ruhig und gutmütig"*, dem jedoch *„fremde Manieren und hochfahrende und fremde Sprechweise"* zuwider ist. Lieber lässt er sich *„den Vorwurf der Dummheit gefallen, als dass er seine Ansicht offen und gerade kund gibt und vertritt"*. Mit einer gewissen Hartnäckigkeit - wenn er

---

[3] Gefühl-, Empfindungslosigkeit

von einer Sache überzeugt ist - verfolgt er beharrlich das gesetzte Ziel zu erreichen. Von neuen Denkweisen und Einrichtungen ist der „Landmann" nur schwer zu überzeugen.

Trotz dieser Grundeigenschaften, meint Ramis, sei der Bauer unserer Region in der Regel munteren und heiteren Sinnes.

„...Besonders ist dieß bei dem geistig und körperlich leichter beweglichen Bergbewohner der Fall, welcher bei dem einfachsten Leben und oft sehr harter Arbeit einen gewißen frischen Sinn behauptet, der ihn und seine Heimath leicht kennzeichnet und beide Geschlechter zu fröhlichem, treuherzigen Geplauder und nicht selten zu gellenden Jubelrufen und frohen Liedern stimmt, ohne daß hiezu die Begeisterung erst im Wirthshause geholt werden muß...".

Stand der Bevölkerung

Zu der Zeit, als dieser „Physikatsbericht" entstand, lebten in Niederaschau 95 Familien, 631 Einwohner gesamt (davon 136 Kinder unter 14 J.), in Hohenaschau 137 Familien, 625 Einwohner gesamt (davon 133 Kinder unter 14 J.) und in Sachrang 95 Familien, 452 Einwohner gesamt (davon 118 Kinder unter 14 J.). Prien, als größter Ort des Bezirks, hatte z.B. 1.101 Einwohner. Der durchschnittliche Bevölkerungszuwachs p.a. betrug im Bezirk damals lediglich 1,41 „Seelen" pro 1000 Bewohner. Dr. Ramis meint, das läge vor allem daran, dass besonders viele Ehen erst in spätem Lebensalter geschlossen würden.

Noch ein paar statistische Besonderheiten des Gerichtsbezirks Prien, aus denen sich aus heutiger Sicht ein gewisses Spiegelbild der Gesellschaft jener Tage ablesen lässt, stammen aus dem Jahre 1852[4].

Die Zahl der „beisammen lebenden Ehepaare" wird mit 984 angegeben, die Zahl der „getrennten" mit 3, ein Paar lebte gar „ungetraut" beisammen!

Von 8.585 Personen bekannten sich 8.575 zum katholischen, lediglich 10 zum evangelischen Glauben. Andere Religionen gab es offensichtlich offiziell nicht. Von den 8.585 Menschen verdienten 66,6 % ihren Lebensunterhalt in der Landwirtschaft, 27,6% lebten von Mineralgewinnung, Gewerben, Industrie und Handel, nur 5,3% erzielten ihr Einkommen durch Renten, höhere Dienste, Wissenschaft oder Kunst und lediglich 0,4% oder 37 „Seelen" zählten zu den sog. „Conscribierten Armen".

Den folgenden Zahlen liegt eine zehnjährige Erhebung aus den Jahren 1851/52 – 1860/61 im Gerichtsbezirk Prien zugrunde. Daraus resultiert der Durchschnittswert für ein Jahr.

---

[4] Im Auszuge bearbeitet nach „von Hermanns Beiträgen zur Statistik", Heft IV

Danach gab es p.a. 2.294 Geburten (1.173 männlich, 1.121 weiblich). Von den 2.294 Kindern kam jedes vierte (23,6%) unehelich zur Welt! Die Totgeburts-Rate lag bei 2,4% (56 Kinder).

Von den 455 Trauungen p.a. gab es immerhin 26,6% (121), bei denen mindestens ein Partner verwitwet war. Und die These von Ramis, dass die Brautleute vielerorts erst in fortgeschrittenem Alter heiraten, ist durch die Statistik eindeutig bestätigt:

67,4% der Getrauten waren bei der Hochzeit 30 Jahre und älter! Der Anteil der über 40jährigen liegt sogar noch bei 27,8%.

Wohnverhältnisse

Nach diesen statistischen Untersuchungen beschäftigt sich Ramis mit den *„Wohnungsverhältnißen"* in der Region. Größere Ansiedlungen sind nur an der breitesten Stelle eines Tales oder einer Niederung möglich, wo genügend Platz für die Ökonomie zur Verfügung steht. Die Bevölkerung im gebirgigen Bereich verteilt sich meist auf Einöden (Nähe zur *„Alpenweide"*), Weiler und kleinere Dörfer. Unter den 55 (offiziellen) Dörfern des Bezirks sind nur 12 von einiger Bedeutung, *„… alle übrigen sind aber kaum größer als Weiler, deren es 102 gibt. Eigentliche Einödwohnungen aber zählt man 205…."*.

„Kleinhäusler" in Hohenaschau um 1870; Bleistiftzeichnung, Maler unbekannt, Privatbesitz

„Hohenaschauer Bauernhaus" um 1860; Bleistiftzeichnung, Maler unbekannt, Privatbesitz

Über das Priental heißt es:

„… Die Wohnhäuser liegen eben so vertheilt, daß die Thalsohle des Sachranger Thales, wo sie es irgend nur erlaubt, ihrer ganzen Länge nach mit einzelnen

Gehöften und Weilern besetzt ist, ja auf mancher ziemlich hohen Abdachung der Gebirgsstöcke selbst, die einige Fläche darbietet, Höfe angebracht sind, in den Ausweitungen des Thales aber die Dörfer Sachrang und Niederaschau stehen…".

Dann geht Ramis näher auf Bauart, Aussehen und Funktion der Häuser und Stallungen ein.

Tracht = Kleidung

In diesem Zusammenhang ist vielleicht noch interessant, wie sich die Menschen in dieser Gebirgsgegend damals kleideten. Auch dazu gibt es im Physikatsbericht ein eigenes umfangreiches Kapitel. Die Originaltracht – womit eigentlich das *Sonntagsgwand* gemeint ist - war auf dem Lande Mitte des 19. Jahrhunderts allgegenwärtig. Nur wenige Bürger der größeren Dörfer - vor allem Händler und Wirte -, die viel mit Städtern zu tun hatten, konnten sich die wechselnde Mode städtischer Bekleidung leisten. Nur besonders praktische moderne Kleidungsstücke, wie z.B. die Joppe, noch mehr der Paletot (Überwurf), konnten sich im Laufe der Zeit mit der alten Landestracht vermischen.

Männertracht

„… Verheiratete Männer trugen einen schwarzen Filzhut mit mäßig breiter Krampe und mittelhohen, etwas, aber nicht besonders spitzzugehenden Kopfe… ." *„Die Männer der Sachranger Gemeinde aber lieben, wie in ihrer übrigen Tracht, auch im Hute die Tyrolerform, und tragen ihn daher schwarz, hoch oben ziemlich spitz zulaufend, mit mäßig breiter, an den Seiten etwas aufgeschlagener Krampe."* Dazu kommt ein Samtband. *„Um den Hals trägt man ein schwarzseidenes oder von Floretseide gewebtes Halstuch. Der Bauer trägt einen meist dunkelbraunen oder dunkelgrauen Rock mit langen, bis auf die Hälfte der Waden gehenden Schößen. Die Knöpfe bestehen meist aus angeöhrten silbernen Münzen. Unter dem Rock trägt er eine Weste, die aus seidenem, gemusterten, ganz schwarzen, oder auch mit bunten Blumen eingewirktem Stoffe besteht. Dann kommt die allgemein getragene schwarzlederne Hose, welche gewöhnlich ziemlich eng anliegend bis an den Knöchel reicht und zu Bundschuhen getragen wird, über welchen etwas von den Strümpfen sichtbar wird. Modischer aber ist die plodernde schwarze Lederhose, zu welcher dann bis an das Knie reichende, schwarz- oder rot lackierte, steife Stiefel, sogenannte Wadelstiefel gehören. Als Schmuck trägt der Bauer eine lange silberne, über der Weste gekreuzte Uhrkette."*

Ramis schildert auch die von der Männertracht etwas abweichende Kleidung der ledigen Burschen und von wem und wann im Winter ein Mantel getragen wird. Ausführlich befasst er sich mit der Frauentracht, wobei er der Kopfbedeckung breiten Raum lässt.

„Bauer und Bäuerin aus Aschau" um 1800;
Friedrich Wilhelm von Doppelmayer,
Stadtarchiv Rosenheim

Frauentracht

„Die festtägliche Tracht des weiblichen Geschlechtes besteht zuerst aus dem charakteristischen Hute. Dieser, von schwarzem Filze, hat einen mittelhohen Kopf, der mit der neuen Mode immer niederer wird, und eine handbreite, geradabstehende Krampe. Der Kopf ist in seiner ganzen Breite mit schwarzseidenem Bande umschlungen, welches hinten über die Krempe herabhängt und hier mit mehr oder minder breiten Goldborten verziert ist; außerdem befinden sich daran schwarzseidene Hutschnüre mit goldenen Quasten; die Krampe selbst aber ist immer mit roth und gelbgeblumter Seide ausgeschlagen und ebenfalls mit Goldborten verziert …"

Er hält fest, dass ein solcher Hut gut und gerne 12 – 20 Gulden koste. Es folgt die Beschreibung des Halstuches *(„… ein hellfarbiges, seidenes, großes Halstuch bedeckt den Hals und ist in den Ausschnitt des aus schwarzem, oft schweren Seiden- oder Wollenzeuge gefertigten, künstlich genähten Korsettes gesteckt …")*.

Dazu kommt dann ein aus *„schillerndem Seidenzeuge"* bestehender Rock, eine *„schwarzseidene Schürze"* und weiße Strümpfe mit Schnürstiefelchen oder Schuhen. Nicht zu vergessen der Schmuck *(„… eine silberne Halskette mit großem, vergoldeten, mit Steinen besetzten Schloße, eine lange, silberen Uhrkette, und in neuerer Zeit eine bis zwei goldene Broschen mit blauen Steinen und silberne Nadeln im Korsette….")*.

An Werktagen war die Kleidung wesentlich einfacher. *„Ein schwarz wollenes Kopftuch, im Sommer ein schwarzer Strohhut, eine wollene, grobe Jacke (Schalk genannt), ein persener Rock genügten hierfür, und die Füße sind in der Regel ohne Strümpfe und Schuhe."*

Mode

Ramis schließt seinen Bericht über die Bekleidung des Landvolkes mit dem Resümee, dass der Einfluss der Mode auch vor der herkömmlichen Art der Bekleidung nicht halt macht. Vor allem die jungen Leute versuchen immer mehr, diesem Trend zu folgen. („… *so übt doch innerhalb des durch sie gegebenen Rahmens die Mode ihren dauernden, unbesiegbaren Einfluss, wie anderwärts; die Hutformen, die Lieblingsfarben der Jacken, Röcke usw., so wie theilweise auch deren Schnitt wechseln, wenn auch nicht jedes Jahr, doch je alle 2-3 Jahre, und werden erst von den Stutzern, denn es gibt solche auch unter dem Landvolke, dann aber auch nach und nach von der anderen Bevölkerung, ältere und arme Personen ausgenommen, sich angeeignet. …*")

Nahrungsweise

In einem eigenen umfangreichen Abschnitt geht es um die „Nahrungsweise" der Bevölkerung. Sie besteht Mitte des 19. Jhdts. im Gerichtsbezirk Prien überwiegend aus „*Nahrungsstoffen des Pflanzenreichs, verbunden mit den Erzeugnißen der Viehzucht, Milch, Butter, Schmalz und Topfen…*". Eier und Fleisch standen nur an hohen Kirchenfesttagen oder Familienfeierlichkeiten wie Taufen, Hochzeiten oder Beerdigungen auf dem Speiseplan. Der Bezirksarzt meint, dass diese Kost „*als ungewohnte und deßhalb gar oft schädliche Kost gegessen*" wurde. Mehlkost in allen Variationen (Knödel, Nudeln, Küchle oder Schmarrn mit Mus) kam fast täglich auf den Tisch. Er beschreibt dann ausführlich jede einzelne Mahlzeit (Morgensuppe, Mittagskost, das „*Dreibrod*" und das Nachtessen).

Das „*gewöhnliche Getränk unserer Bevölkerung ist Wasser. Wein wird nur bei Festlichkeiten, Hochzeiten usw. ausnahmsweise getrunken, hier aber immer sogenannter süßer, Roussillon, Muscat usw., der stets künstlich bereitet ist, vorgezogen und dann oft in erklecklicher Menge zu Leibe genommen. Branntweintrinker gibt es ebenfalls nur sehr wenige ….. dafür wird auch hier, wie überall in Bayern, das Bier als Nationalgetränk geschätzt und genossen…*"). Natürlich konnte man damals noch kein Bier zuhause aufbewahren und es somit auch nicht täglich trinken. Aber in Gesellschaft in den Wirtshäusern und bei festlichen Anlässen oder Märkten trank man gerne ein paar Maß davon, „*….. ja die jüngeren und ledigen Leute gar oft noch viel mehr, 6 – 8 Maß, und spüren dann nicht selten die schweren Folgen der Berauschung…*". Wohlhabende und der Bürgerstand – soweit in diesem ländlichen Gerichtsbezirk vertreten – konnten sich öfter Fleischgerichte und dazu täglich Bier leisten.

Gegen Ende seines Berichts über die Ernährung der Bevölkerung geht der Gerichtsmediziner auf einige aus der oft einseitigen Nahrungsaufnahme resultierende typische Krankheitsbilder ein.

Beschäftigungsarten der Talbewohner

Im Physikatsbericht ist auch die Beschäftigungsweise der Bewohner ein eigenes Thema. Demnach arbeiten die Menschen im Priental hauptsächlich im Feldbau und in der Viehzucht und nutzen ihre Wälder durch Holzhieb und Gewinnung von Hohlzkohle. („*Nur die Minderzahl derselben beschäftigt sich mit Handwerken, ein kleiner Theil im Aschauer Thale auch mit Eisenindustrie in einem Hüttenwerk und zahlreichen Nagelschmiedten.*").

Die von Pankraz von Freyberg (1508-1565), Inhaber der Herrschaft Hohenaschau, schon Mitte des 16. Jhdts. ins Leben gerufene Eisenverarbeitung am Hammerbach, erlebte im 19. Jhdt. ihren Niedergang (1879). Immerhin lebten während dieser über 330 Jahre andauenden Phase viele Menschen im Tale vom „Eisen". Neben den Arbeitern in den Eisenhäm-

Innenansicht des oberen Hohenaschauer Hammers,
„Hammerbach" um 1860; Privatbesitz

„Der Drahtzug bei Hohenaschau", 1811,
Friedrich Wilhelm Doppelmayr, Stadtarchiv Rosenheim

mern und den Nagelschmieden, verdienten vor allem Forstarbeiter, Köhler, Bauern (Fuhrdienste), Handwerker oder Gewerbetreibende damit ihren Lebensunterhalt.[5]

Die Betrachtungen von Dr. Ramis beschäftigen sich noch eingehend mit der Land- und Almwirtschaft, sowie mit den Handwerkern der Hammerwerke und den Nagelschmieden. Vor allem die negativen *„Übelstände"* (auch auf die Gesundheit) der Arbeiter am Nagelstock zeigt er beispielhaft auf (*„Weniger günstig für das körperliche Gedeihen erscheint der Betrieb der Handwerke, des Hammerwerkes, insbesondere aber der Nagelschmidten. Kaum der Werktagsschule entwachsen, tritt bei der letzteren Profession der Knabe schon in das Handwerk ein und bringt von dieser Zeit an sein Leben in der dumpfen, mit Kohlenstaub und Kohlendampf erfüllten Werkstätte hin, um vom frühesten Morgen an (die Arbeit beginnt meistens schon um ein Uhr Nachts und dauert mit weniger Unterbrechung bis Abends 4 Uhr) am Amboß stehend den schweren Hammer tausend und tausendmal auf gleiche Weise zu schwingen ....").*

---

5   „Eisenindustrie im Chiemgau", Barbara Rawitzer, Quellenband IV zur Chronik Aschau i.Ch.,
    Hrsg. Gemeinde Aschau i.Chiemgau 1998

Wohlstand?

Der Gerichtsbezirk Prien zeichnet sich nach Ermittlungen des Verfassers nicht durch besonderen Reichtum oder namhafte Wohlhabenheit seiner Bewohner aus. Aber er bescheinigt, dass der Besitz nicht gar zu ungleich verteilt erscheint und die Mehrzahl der Familien ihr Auskommen finden, ohne *„eigenliche Noth zu leiden"*.

„Nur im Aschauerthale hat der seit mehreren Jahren sich verminderte Betrieb des dortigen Hammerwerkes so wie die überflügelnde Concurrenz, welche die Draht-stiftfabriken auf die Nagelschmidten ausübten, ein Abnehmen des Wohlstandes unter der betreffenden Klaße der Einwohner hervorgebracht....".

Dazu muss angemerkt werden, dass zu dieser Zeit (1853 starb der letzte männliche Nachkomme der Grafen von Preysing – Hohenaschau) Schloss Hohenaschau mitsamt seinen Besitzungen in fremde Hände kam und erst 1875 durch den Kauf des Nürnberger Großindustriellen, Theodor von Cramer – Klett, an die frühere Beziehung der Aschauer Bevölkerung zur Schlossherrschaft anknüpfte.[6]

„Geistige Constitution" der Bevölkerung

Der „Physikatsbericht" schließt mit einer Analyse zur *„geistigen Constitution der Bevölkerung"* und bietet damit einen schlüssigen Übergang zum Thema „Max Hickl", der in etwa diese Situation vorfand, als er 1908 an der Einödschule Stein, zwischen Aschau und Sachrang seine Lehrtätigkeit begann.

„An eigenlichem Unterrichte genießt das Landvolk nur gar wenig; denn es ist hier lediglich auf die Elementarschule und in religiöser Beziehung auf die Beleh-rung angewiesen, die es etwa in der Kirche empfängt. Die lokalen Schwierigkeiten, mit denen der Schulunterricht besonders im Winter verknüpft ist, die einzelnen, höchstens zwei Stunden, die jedem Kinde täglich hievon zugewendet werden kön-nen, endlich der Mangel aller Nachhilfe im elterlichen Hause beschränken das zu Erlernende auf das Allernothdürftigste, somit auf einige Religionskenntniß und eine kaum leidliche Fertigkeit im Lesen, Schreiben und Rechnen, während alles andere vom Unterrichte ausgeschlossen bleiben muß....".

Ramis unterstreicht noch die große Liebe der Menschen zu ihrer Heimat *„... und jeder Drang anderer Stämme, die Welt zu sehen „... fehlt ihnen so ganz und gar, daß Tausende in ihrem ganzen Leben nicht über die nächsten größeren Orte, Rosenheim und Traunstein, wohin sie der Verkehr brachte, hunderte aber*

---

6 „Die Cramer-Klett, eine Industriellenfamilie und ihre Bedeutung für das Priental", Marc Siegl, Quellenband III zur Chronik Aschau iCh., Hrsg. Gemeinde Aschau i.Chiemgau, 1998

Votivbild aus der Ölbergkapelle in Sachrang, 1867, Öl auf Holz, Maler unbekannt

nicht über ihre Heimathsgemeinde und deren Nachbarorte hinausgekommen sind...".

Den stärksten Einfluss auf das tägliche Leben der hiesigen Menschen bescheinigt er jedoch der allgegenwärtigen katholischen Religion. Sie habe nicht nur hier, sondern in ganz Altbayern so tiefe Wurzeln im Volksbewusstsein und Volksleben, dass Denkweise, Sitten und Gebräuche vollkommen verinnerlicht und den Vorgängen der Kirche angepasst sind. So ist es nicht erstaunlich, dass die schulische Ausbildung der Kirchenaufsicht unterliegt.

Diese kurzen Auszüge aus den „Physikatsbericht" mögen genügen, sich ein wenig in Zustand und Lebensweise der Menschen des Prientals im 19. Jhdt. versetzen zu können. Sie sollen die Basis zum Verständnis für das spätere Leben und Wirken von Max Hickl bilden.

Kapitel II

Die Zeit in Stein:
Vorgeschichte und Alltag (1908-1927)

19. Jahrhundert – eine Zeit des Umbruchs

Die tiefgreifendsten Veränderungen auf den Gebieten Politik, Religion und Staatsverwaltung, setzt der Reformer Maximilian von Montgelas in Bayern bereits zu Beginn des 19. Jahrhunderts in Gang. Adel und Kirche verlieren an Macht und Einfluss, die schrittweise auf einen „modernen" Verwaltungs-Staat übertragen wird. Den Bürgern wird ein Königreich von Napoleons Gnaden beschert. Althergebrachte – gute oder schlechte – Sitten und Gebräuche erfahren plötzlich eine völlig andere Bewertung. Nur auf dem Lande dauert diese Entwicklung erfahrungsgemäß etwas länger als in den Städten.

Als Max Hickl auf die Welt kommt, gibt es keine Autobahnen, dafür unbefestigte Schotter- oder Lehmstraßen, weder beleuchtete Wege und Plätze, noch Radio oder Telefon, Autos oder gar Computer. Davon abgesehen ist es trotzdem eine Epoche gewaltigen Umbruchs und Fortschritts auf vielen Gebieten privaten, wirtschaftlichen und öffentlichen Lebens. Die Eisenbahn etwa verbindet bereits die wichtigsten Städte und Industriezentren. Sie sorgt für eine neue Dimension des Austausches an Gütern und Menschen. Eine allgemeine Mobilität entsteht. Wesentliche Erfindungen des Industriezeitalters, auf deren Auswirkungen wir heute noch aufbauen, stammen aus dem 19. Jahrhundert. Die Mächtigen in der Politik versuchen seit Jahrzehnten aus dem Konglomerat unterschiedlichster Körperschaften und Rechtsgebilde eine einheitliche Nation zu schaffen („Einigungskriege" unter Otto von Bismark, 1864 gegen Dänemark, 1866 gegen Österreich, 1870 gegen Frankreich). Entsprechend national und monarchistisch eingefärbt sind viele Lebensbereiche, in familiärem und öffentlichem Umfeld Ende des 19. Jahrhunderts.

*Der letzte bedeutende Inhaber der Adelsherrschaft,
Johann Maximilian V. Franz Xaver Graf von
Preysing-Hohenaschau (1736-1827), Kurfürstlicher Hof-
und geheimer Rat, Vizepräsident des Hofrates und zuletzt
Reichsverwalter der Krone Bayerns;[7]
Ölgemälde um 1800, Privatbesitz*

Ende der Adelsherrschaft im Priental

Im Zuge dieses gewaltigen Reformprozesses endet auch im abgelegenen Priental die seit dem 12. Jahrhundert bestehende Hochgerichtsherrschaft Hohenaschau. Der letzte männliche Spross des einst mächtigen Adelsgeschlechts derer von Preysing – Hohenaschau, Graf Johann Christian, stirbt 1853.

Die Gerichtsbarkeit kommt 1848 endgültig in die Hand des Staates. Prien wird Sitz des königlich-bayerischen Landgerichts, das räumlich in etwa die ehemaligen Adelsherrschaften Hohenaschau und Wildenwart umfasst. In diesen Jahren lebt nahezu die gesamte ortsansässige Bevölkerung von der Mitte des 16. Jahrhunderts von Pankraz von Freyberg – Hohenaschau begründeten Eisenverarbeitung, von Land- und Forstwirtschaft. Der Montanverbund zwischen den Erzgruben am Kressenberg, der Eisenhütte in Bergen und den Verarbeitungsbetrieben im Priental gibt den Bewohnern Arbeit und Brot. Nicht nur die Beschäftigten, die an den Frischöfen, Drahtzügen oder Zainschmieden Eisen verarbeiten, sondern auch Nagelschmiede, Fuhrleute, Forstarbeiter, Köhler, Bauern, Handwerker – sie alle sind unmittelbar oder mittelbar mit der Eisenverarbeitung verbunden.

Lange Zeit so gut wie konkurrenzlos, versinkt dieser Industriezweig in der zweiten Hälfte des 19. Jahrhunderts jedoch langsam, aber unaufhalt-

---

7 „Die Preysing-Hohenaschau", Teil I, „Die Preysing im Dienste der Wittelsbacher", Dieter Schäfer, Quellenband XII zur Chronik Aschau i.Ch., Hrsg. Gemeinde Aschau i.Ch., 2000

sam in der Bedeutungslosigkeit. Gegen die neuen und schnelleren Transportmöglichkeiten (Eisenbahn) und die preisgünstige Nutzung der Steinkohle als Primärenergie vor Ort gerät die handwerklich orientierte Eisenverarbeitung im westlichen Chiemgau ins Hintertreffen. Es entstehen große Industriezentren wie beispielsweise das Ruhrgebiet. Moderne Hochöfen, Gießereien und Nagelfabriken produzieren dort effizienter als die in die Jahre gekommenen Hämmer im Priental und die nach wie vor am Amboss arbeitenden Nagelschmiede. Die Produktion wird zu teuer, die Nachfrage bleibt aus. Die Menschen im Priental und darüber hinaus steuern auf eine herbe Rezession zu.[8]

Theodor von Cramer – Klett sen., Rezession und Aufschwung

Der Niedergang der Eisenindustrie im Priental im letzten Drittel des 19. Jahrhunderts ist nicht mehr auf zu halten. An dieser Tatsache ändert auch der Kauf von Schloss, Grundbesitz und Eisenbetrieben durch die Gewerkschaft Achthal - Hammerau im Jahre 1862 nichts. Diese wollte durch die Einverleibung der Hohenaschauer Betriebe in ihren Konzern (Erzgruben, Verhüttung, Gießerei, etc.) wieder wirtschaftlicher produzieren. Das ging jedoch gründlich schief.

So ist es für die Gewerkschaft, aber auch im Nachhinein betrachtet für die Bevölkerung des Prientales, ein Glücksfall, als

Theodor von Cramer-Klett, zeitgenössisches Foto, um 1870; Privatbesitz

der Nürnberger Großindustrielle, Theodor von Cramer–Klett, 1875 den Aschauer Besitz kauft.

Cramer–Klett, vielleicht im Privatleben ein Romantiker, packt die Dinge mit dem ihm eigenen unternehmerisch – wirtschaftlichen Sachverstand an. Er lässt den mit dem Kauf erworbenen riesigen Waldbesitz an den Hängen des Prientals vom Vater des Schriftstellers Ludwig Ganghofer, Leiter des bayerischen Forstwesens, fachmännisch bewerten. Holz ist ein

---

8 „Die Cramer-Klett, eine Industriellenfamilie und ihre Bedeutung für das Priental", Marc Siegl, Quellenband III zur Chronik Aschau iCh., Hrsg. Gemeinde Aschau i.Chiemgau, 1998

allseits begehrter Rohstoff. Um diesen in rentablen Größenordnungen auf den Markt zu bringen, bedarf es eines modernen Verkehrsmittels. So entsteht auf Initiative und Förderung durch Theodor von Cramer-Klett die Vizinalbahnstrecke von Aschau nach Prien mit einer Gesamtlänge von 9,6 km.[9]

Bereits 1878 rattern auf den Schienen die ersten Holztransporte. Beginn einer neuen Ära, denn konsequenterweise schließt Cramer-Klett 1879 die Aschauer Hammerwerke, die nicht mehr wirtschaftlich produzieren können. Für das tägliche Leben der Talbewohner hat diese Entscheidung schlimme Auswirkungen. Eine bislang nie gekannte Rezession überzieht das ganze Priental. Die „Ernährer" – wie es damals hieß – von über 300 Familien sind plötzlich arbeitslos. Die Erlöse aus der Landwirtschaft in diesem kargen Voralpenland reichen bei weitem nicht aus, um den Menschen ausreichend Brot und Einkommen zu sichern.

Und wieder ist es Theodor von Cramer-Klett - später dessen Sohn, Theodor II - zu verdanken, dass die Bevölkerung nicht ganz und gar verarmt. Allein das Durchforstungsprogramm der Wälder fordert jede Menge Arbeitskräfte. Aber auch die umfangreiche Ökonomie, die Schlossbrauerei, Jagd und Dienstleistungen schaffen neue Beschäftigungsmöglichkeiten. Durch den Anschluss an das überregionale Schienennetz hält gleichzeitig die „Sommerfrische" Einzug ins Tal. Der Tourismus, ein Wirtschaftszweig, der sich im Laufe der nächsten 100 Jahre mit Abstand zum wichtigsten der Talgemeinden entwickeln wird. Verschönerungs- und Trachtenverein (gegründet 1884) betreuen und unterhalten die immer zahlreicher werdenden Gäste. Schritt um Schritt verbessert sich die Infrastruktur und damit die Lebensqualität. Kaum

„Blick ins Priental" um 1890,
Abbildung aus dem Prospekt des 1884 gegründeten
Verschönerungsvereins Aschau, Archiv HGV

---

[9] „Tourismus und Eisenbahn im Priental", Teil II, „Vizinalbahn Prien – Aschau; eine Nebenbahn einst und heute", Heinrich Holzapfel; Quellenband XXI zur Chronik Aschau i.Ch., 2004; Hrsg. Gemeinde Aschau i.Chiemgau

Sommerfrischler in Sachrang, 1906, Privatbesitz

ist die mäandernde Prien ab 1860 eingedämmt und begradigt, kann auch die Ostseite des Aschauer Tales (Kampenwandstrasse) erstmals bebaut werden. Hier brennen nachts – was für ein Fortschritt – bald die ersten Gaslaternen, die der Verschönerungsverein aufstellt und betreiben lässt.[10] Cramer-Klett baut neben den herkömmlichen schmalen Alm- und Ziehwegen bald eigene Spazier- und Wanderwege auf die umliegenden Berge (*Kampenwand-Reitweg, Großmutters Morgen-Spazierweg,* usw.).

Dazu gibt es Beschreibungen und Karten, Schwimmbäder und Veranstaltungen zur Gästeunterhaltung.

An eine zentrale Wasserver- und -entsorgung oder gar an elektrischen Strom denkt vor der Jahrhundertwende hier auf dem Lande wohl noch niemand. In Niederaschau scharen sich die Häuser rund um den erhabenen Kirchberg, die Schule liegt auf seiner Südseite.

---

10 „Tourismus und Eisenbahn im Priental", Teil I, „Tourismus im Priental, von den Chiemsee-Malern zu www.chiemsee.de", Georg Antretter, Quellenband XXI zur Chronik Aschau i.Ch., 2004; Hrsg. Gde. Aschau

Einen Fortschritt bedeutet der Bau eines Gemeindekrankenhauses. Mittelpunkt des Tales und der selbständigen Gemeinde Hohenaschau bildet jedoch das gleichnamige Schloss auf dem 70 m über der Prien gelegenen Felskegel. Wirtschaftsgebäude und einige „Kleinhäusler" liegen in seinem Schatten. Der bauliche Zustand der aus dem 12. Jahrhundert stammenden Befestigungsanlage scheint um diese Zeit nicht mehr der beste zu sein.

Das weit abgelegene Bergdorf Sachrang besteht aus ein paar Bauernhöfen und der Gastwirtschaft, eng um Kirche und Friedhof. Die historisch gewachsenen Einöden und Siedlungen wie beispielsweise Pölching, Haindorf, Aufham, Weidachwies, Außerwald, Einfang, Schoßrinn, Schwarzenstein, Huben, Berg, Mitterleiten, usw. liegen gleichsam wie auf einem Flickenteppich verteilt vor allem an den Hängen und Erhöhungen (Moränen) des Tales. Die Menschen dort führen teilweise ein sehr abgeschiedenes Leben. Nur Märkte und hohe kirchliche Feste führen sie in größeren Mengen zusammen.

1886 stirbt Theodor von Cramer-Klett sen. König Ludwig II. hatte ihn aufgrund seiner Verdienste zuvor zum erblichen Reichsrat der Krone Bayerns ernannt. Er hinterlässt seine Frau Elisabeth und den erst 10jährigen Sohn Theodor jun. Der vermögende Vater hat beide gut versorgt. Mündelsichere Anlagen bescheren Sohn und Mutter eine finanziell gesicherte Zukunft.

Theodor von Cramer-Klett jun. „Patron" und Mäzen

Als Theodor II. im Jahre 1895 volljährig wird, tritt er in die Fußstapfen seines Vaters. Allerdings hat er andere Ansichten und setzt eigene Schwerpunkte. So macht er Hohenaschau anstelle von Nürnberg und München zum Lebensmittelpunkt und schließlich zum Wohnsitz seiner Familie. Schon zuvor entstand in einem südwestlich des Schlosses gelegenen Park die Villa „Elisabeth" als Ruhesitz für seine Mutter. Der Plan für die Parkanlage stammt vom bekannten Münchner Landschaftsarchitekten Carl von Effner.

1903 heiratet Theodor von Cramer-Klett Anna Cariklia von Würtzburg aus einem oberfränkischen Adelsgeschlecht in Mitwitz. Sicherlich ein weiterer Grund, den Familienwohnsitz endgültig nach Aschau zu verlegen.

Schloss Hohenaschau ist um diese Zeit ein altertümliches heruntergekommenes, schier unbewohnbares Renaissance – Barock – Gebäude. Seit den letzten größeren Veränderungen Ende des 17. und Mitte des 18. Jahrhunderts unter den Herren, seit 1664 Grafen von Preysing – Hohenaschau, hatte sich nichts Entscheidendes mehr geändert. Peter von Bomhard be-

Anna-Cariklia, geb. Freifrau von Würtzburg, und Baron Theodor jun. von Cramer-Klett, 1915;
Archiv HGV, Foto Max Hickl

schreibt es in seinen *„Kulturdenkmälern"* als einen Renaissance-Bau mit barocken Änderungen.

Cramer-Klett verfügt über die nötigen finanziellen Mittel, um aus der mittelalterlichen Burg ein modernes Wohnschloss gestalten zu lassen. Der Münchner Architekt Max Ostenrieder sorgt für eine perfekte Planung. Trotzdem zerstört vor allem der Innenausbau im historischen Teil durch die Modernisierung größtenteils das ursprüngliche Ambiente.[11]

Nach nur vierjähriger Bauzeit kann am Pfingstsonntag 1908 das in frischem Glanz erstrahlende Schloss Hohenaschau feierlich eingeweiht werden.

Was bezweckt Cramer-Klett mit diesen gewaltigen Investitionen? Den Außenstehenden mutet es fast an wie feudale Machtentfaltung in einer Zeit, die längst vorüber schien. Aber Theodor von Cramer-Kletts Lebensstil ist offensichtlich darauf zugeschnitten. Neben dem exklusiven Wohnsitz mit

---

[11] „Die Kunstdenkmäler der Stadt und des Landkreises Rosenheimn", Dr. Peter von Bomhard, „Quellen und Darstellungen zur Geschichte der Stadt und des Landkreises Rosenheim" herausgegeben von Albert Aschl, Bande II/2, Rosenheim 1957, Verlag des Stadtarchivs Rosenheim

Schloss Hohenaschau vor dem Umbau 1904,
Archiv HGV; Foto Max Hickl

Schloss Hohenaschau nach dem Umbau 1908,
Archiv HGV; Foto Max Hickl

Gästetrakten und der notwendigen Dienerschaft, tut er sich als „Patriarch" und Mäzen hervor. Durch praktisches Handeln unterstreicht er seine soziale, caritativ - christliche Einstellung, die 1907 durch seine Konvertierung zum katholischen Glauben deutlich zum Ausdruck kommt. Das Sponsoring, vor allem gegenüber dem Benediktiner Orden (Klöster Ettal, Plankstetten, Wessobrunn, etc.), aber auch im gemeindlichen Bereich (Krüppelheim (= spätere Orth. Kinderklinik), Kirche Niederaschau, Schule Stein, etc.) machen ihn zu einem allseits geschätzten, aller Ehren werten Bürger. Er wird von der Administration des Vatikans zum Gemeinkämmerer ernannt und lernt drei Päpste persönlich kennen.

Aber seine Hauptsorge gilt nach wie vor ganz besonders den Menschen und ihren Nöten im heimatlichen Priental.

Kinder und Schule

So hat speziell die Sachranger Bürgerschaft ein großes Problem, das die Gemeinde aus finanziellen Gründen selbst nicht lösen kann.

Heutzutage nur mehr schwer vorstellbar sind allein die körperlichen Belastungen, welchen die Landbevölkerung selbst noch zu Beginn des 20. Jahrhunderts ausgesetzt war. Am meisten leiden die Kinder darunter. Natürlich gibt es bereits die Schulpflicht. Aber das ist nur eine der vielen, oder vielleicht noch die angenehmste, die von den Kleinen zu erfüllen ist.

Neues Schulhaus Sachrang, erbaut 1910; dahinter das alte Schulhaus; Foto von 1917;
Archiv HGV; Foto Max Hickl

Familien mit bis zu zehn Kindern sind eher die Regel als die Ausnahme. Die Generationen leben weitgehend im Familienverbund, alle unter einem Dach. Für den „Ernährer" ist es nicht einfach, wenigstens die elementaren Grundbedürfnisse - Essen, Trinken, Kleiden, Wohnen – für die Seinen zu sichern. Kein Wunder also, dass selbst die Kleinsten, sobald sie laufen können, zu Tätigkeiten heran gezogen werden, die man heute zu Recht als Kinderarbeit oder Ausbeutung Minderjähriger anprangern würde. Aufgrund der hygienischen Verhältnisse und der kaum vorhandenen medizinischen Versorgung ist die Kindersterblichkeit hoch. Das Vieh hat oft einen höheren Stellenwert als der Mensch.[12]

Im Priental gibt es um 1900 zwei Schulen: eine in Niederaschau, die andere, drei Fußwegstunden entfernt in Sachrang. Widrigsten Falls haben die Schüler demnach täglich sieben Kilometer hin und sieben Kilometer zurück an Schulweg zu bewältigen. Insbesondere während der harten Winterzeit auf tief verschneiten Wegen, nicht geräumten Straßen eine schier unglaubliche Anstrengung für sechs bis 12-jährige. Die Zeitzeugen Georg Gabriel („*Beim Anderl*") und Josef Aigner („*Beim Wernberger*") berichten von ihrer Schulzeit aus den 1930er und 40er Jahren. Da war es auch noch nicht viel besser als zu Beginn des 20. Jahrhunderts. So mussten die Kinder von Vorder- und Hintergschwendt, das kirchlich zu Bernau gehörte, in Niederaschau die Volksschule besuchen. Bei schönem Wetter mag es ja ein netter Spaziergang von vier Kilometern und ca. 150 Höhenmetern übers

Sachrang um 1916; Archiv HGV; Foto Max Hickl

---

12 „Der Physikatsbericht für das Landgericht Prien von 1861", Johannes Fuchs, Obb. Archiv, 123. Band, 1999

Abendmahl nach Gschwendt sein. Anders bei Sturm und Regen, bei Dunkelheit und Schnee. So musste an manchen Tagen die Schule ausfallen, weil die Kinder von außerhalb es einfach nicht schafften, den Schulweg zu bewältigen.

Man erzählt sich die Geschichte von einem kleinen Mädchen, das auf dem Nachhauseweg von der Sachranger Schule im dichten Schneetreiben Richtung Hainbach stecken bleibt und nicht mehr weiter kann. Als es bereits finster wird und die Kleine langsam dahindämmert, findet sie schließlich zufällig ein Knecht, der mit seinem Milchschlitten die Straße daher kommt. Das stark unterkühlte und entkräftete Kind überlebt letztendlich. Angeblich soll dies der Anstoß dazu gewesen sein, dass Theodor von Cramer-Klett den Landgemeinden Hohenaschau und Sachrang verspricht, beim Bau eines Schulhauses zwischen den beiden Orten, behilflich zu sein, damit die Kinder nur noch die halbe Strecke zu laufen brauchen.

Die Vorgeschichte zum Schulhausbau in Stein

Die politische Gemeinde Sachrang 1907/08, 466 Einwohner zählend, gehört teils zu Pfarrei und Schule Sachrang (von der Landesgrenze bis Grattenbach), teils zur Pfarrei und Schule Niederaschau. Die Kinder von Stockham zum Beispiel haben sieben Kilometer Schulweg nach Niederaschau zurück zu legen. Im Winter ist der Weg besonders beschwerlich. Die Kinder müssen das Elternhaus am Morgen bei Finsternis verlassen und kommen erst bei eintretender Nacht von der Schule zurück. Bei Schneesturm und Schneeverwehungen müssen oft Erwachsene den Kindern entgegen gehen. Der damals in Sachrang als Lehrer und Gemeindeschreiber tätige Carl Spöttel schreibt zur Entstehung der Schule Stein, Gemeinde Sachrang, folgendes:

„Die zur Pfarrei Aschau gehörigen Orte der Gemeinde Sachrang zählen zum Schulsprengel Aschau. Um diesen, sowie den Hohenaschauer Schulkindern, den weiten Schulweg zu ersparen, beschlossen die Gemeinden Hohenaschau und Sachrang an der Gemeindegrenze gemeinsam ein zu Sachrang gehöriges Schulhaus zu erbauen, und zwar in Außerwald. Die Kosten des Baues sollte von beiden Gemeinden gleichheitlich, das heißt halb und halb, übernommen werden.

Schließlich erklären sich beide Gemeinden zur Verteilung von 3/5 der Kosten auf Hohenaschau und 2/5 auf Sachrang bereit. Freiherr Theodor von Cramer-Klett auf Hohenaschau wollte das Werk in der Weise unterstützen, dass er eine Stiftung versprach, nach der er auf ewige Zeiten die auf die Gemeinde treffenden Unterhaltskosten für den Lehrer zu übernehmen bereit war, ebenso wollte er den Schlosskaplan als Religionslehrer zur Verfügung stellen.

Auszug aus dem Protokollbuch der Sachranger Gemeindeversammlung vom 08.04.1906.
„Die Gemeindeversammlung hat mit dem Ausschußbeschluß über Errichtung einer zweiten Schule im Gemeindegebiet Sachrang zu Stein für die Ortschaften Innerwald, Grattenbach, Loch, Riedbichl, Haag, Stockham, Stein, Hainbach, Schwarzenstein, Schoßrinn und Außerwald, sowie die Übernahme des gesamten Real- und Personalbedarfs auf die Gemeinde Kenntnis genommen und genehmigt denselben mit 86 gegen 1 Stimmen. Vorgelesen, genehmigt, unterschrieben.
Auer, Bgmst., Josef Pletzenauer, Stephan Steinbeißer"
Archiv HGV ,
"Protokollbuch der Landgemeinde Sachrang für die Zeit vom 1. Januar 1882 bis 1. August 1920"

Durch den Bau der Schule in der Gemeinde Sachrang, wäre aber eine sogenannte Enklave gebildet worden. Das Bezirksamt Rosenheim konnte seine Genehmigung nur dann erteilen, wenn das Schulhaus entweder in Wald, Gemeinde Hohenaschau, erbaut oder das betreffende Grundstück an die Gemeinde Hohenaschau abgetreten würde. Wegen der idealen Lage des Bauplatzes entschieden sich die Gemeinden zu letzterem. Auch zu der dadurch notwendigen Änderung der Gemeindegrenze erteilte Sachrang seine Zustimmung. Somit war jedes Hindernis beseitigt und der Erbauung des Schulhauses stand nichts mehr im Wege.

Da nahm die Angelegenheit plötzlich eine überraschende Wendung: Hohenaschau zog seine Beschlüsse zurück mit der Begründung, lieber gelegentlich selbst ein Schulhaus im Ort zu erbauen als die Kinder auf den Berg hinauf zu schicken. Freiherr Theodor von Cramer-Klett, darüber sehr verstimmt, ersuchte nun sofort in Sachrang eine Gemeindeversammlung einzuberufen. Bei dieser erschien er persönlich. In einer Ansprache legte er den neuen Sachverhalt dar und erklärte sein gegebenes Versprechen nicht bloß aufrecht zu erhalten, sondern die auf Hohenaschau treffende Hälfte der Baukosten auch noch zu übernehmen, sofern Sachrang ein Schulhaus wünsche. Die Wahl des künftigen Bauplatzes solle Sachrang überlassen bleiben. Außerdem sollte auf seine Kosten eine Kapelle entstehen, in welcher der Schlosskaplan wöchentlich eine Messe halten sollte. Der damalige Lehrer von Sachrang, Carl Spöttel, ermunterte die Gemeindebürger, dieses hochherzige Angebot anzunehmen und den Kindern zuliebe das verhältnismäßig geringe Opfer zu übernehmen. Es wurde dann auch mit allen gegen die Stimme eines Außerwalder Bürgers angenommen.

Auf Vorschlag des damaligen Revierförsters Josef Schrobenhauser in Grattenbach wurde als Schulstandort das ziemlich in der Mitte gelegene „Stein" ausgewählt. Um aber der zu erwartenden Kreiszuschüsse nicht verlustig zu gehen, ersuchte Baron von Cramer-Klett seine zugesagten freiwilligen Leistungen im Protokoll nicht aufzunehmen, da sie ein Geschenk an die Gemeinde, nicht aber an den Kreis sein sollten. Damit war der Schulhausbau Stein gesichert.

Förster Josef Schrobenhauser (+1916)
um 1900 auf der Dahlsen;
Archiv HGV; Foto Max Hickl

Freiherr von Cramer-Klett ließ nun durch den Architekten Prof. Franz Zell, München, einen geeigneten Bauplan erstellen[13]. In diesem war aber die vorgesehene Kapelle in das Haus verlegt. Nachdem die Erbauung dieser Kapelle eine freiwillige Sache von Cramer-Klett war und damit der auf Sachrang treffende Teil der Schulhausbaukosten nicht genau errechnet werden konnte, bestimmte das Bezirksamt Rosenheim, die Kapelle eigens zu bauen. Baron von Cramer-Klett gefiel jedoch der Plan so gut, dass er sich bereit erklärte, die Gesamtkosten des Baues zu übernehmen, um eine Änderung des Bauplanes zu vermeiden. So kam es, dass Sachrang das Schulhaus Stein völlig unentgeltlich aus den Händen des hochherzigen Spenders und Kinderfreundes Freiherr Theodor von Cramer-Klett entgegennehmen konnte."

Von der Stadt aufs Land

Schon im November des Jahres 1907, als der Rohbau der Schule Stein bereits steht, bekundet Max Hickl in einem Brief an Baron von Cramer-Klett sein Interesse an einem Schulposten in Stein. Seit 1906 ist er an der Rosenheimer Knabenschule in der Königstraße als Schulverweser tätig. Lange schon sucht er nach einer Gelegenheit, endlich eine feste Anstellung als beamteter Volksschullehrer zu bekommen. Am 05.10.1908 befürwortet Freiherr von Cramer-Klett das an ihn gerichtete Gesuch Hickls um Verleihung des Schuldienstes in Stein.

Der Brief mit der positiven Stellungnahme Cramer-Kletts geht

Theodor von Cramer-Klett mit seiner Gattin Anna-Cariklia, geb. von Würtzburg; um 1910, Privatbesitz

---

[13] Franz Zell (1866-1961) ist einer der Hauptvertreter eines bayer. Architekturstils, der traditionelle ortstypische Bauelemente in neue Bauten integrierte. Cramer-Klett engagierte ihn u.a. für das Hohenaschauer Burghotel und das Fortshaus in Grattenbach. Siehe „Schulwesen in der Herrschaft Hohenaschau und in der Gemeinde Aschau i.Ch.", Hans Hoesch† und Elisabeth Lukas-Götz, Quellenband XVI II zur Chronik Aschau i.Ch., 2002; Hrsg. Gde. Aschau i.Ch.

Max Hickl im Alter von 25 Jahren, 1908,
Portraitaufnahme, Atelier Knarr, Rosenheim; Archiv HGV

Das neu erbaute Schulhaus in Stein, 1909,
Archiv HGV

am 9.10.1908 an die Regierung. Das Antwortschreiben bringt am 23.10. abends 6.00 Uhr ein Ratsbote in Hickls Haus in der Rosenheimer Innstraße 1/I. Es enthält das Ernennungsdekret nebst der Mitteilung der Beförderung und Versetzung nach Stein, Gemeinde Sachrang.

Die Freude muss groß gewesen sein, nachdem die Stellenzuweisung fast an der Bezirksregierung gescheitert wäre. Nur durch Befürwortung und Fürsprache von Baron von Cramer-Klett kam schließlich der lang ersehnte Wechsel zustande.

Am 1. November 1908 zieht der *„25jährige Junggeselle"*, wie es in seinen Aufzeichnungen heißt, in Stein ein und verbringt die erste Nacht im *„Einödschulhaus"*. Schon am 3. November 1908 ist seine offizielle Einführung in die Schule durch den damaligen Lokalschulinspektor Pfarrer Adolar Arsan von Niederschau.

Monsignore Arsan legt nach einigen Monaten sein Amt des Schulaufsehers in die Hände des Sachranger Pfarrers, Josef Atzberger, welcher diese Tätigkeit bis zur Aufhebung der geistlichen Schulaufsicht am 31.12.1918 ausübt. *„Zwischen ihm und dem Lehrer gibt es während der folgenden Jahre keinen Misston, was eine rühmliche Ausnahme darstellt"*.

Den Religionsunterricht übernimmt jedoch auf Wunsch von Theodor von Cramer-Klett sein Schlosskaplan, Dr. Alois Röck (*1881 +1961). Er wirkt in Stein – mit einigen Unterbrechungen – von Beginn an bis 1957, hält in der Antonius-Kapelle zweimal wöchentlich Gottesdienst und erteilt danach den Kindern Religionslehre und Bibelstunden.[14]
Am 11.11. ist die feierliche öffentliche Einweihung der neuen Schule im Beisein der freiherrlichen Familie und des Gemeinderates.

Josef Atzberger, Pfarrer von Sachrang und Schulaufseher in Stein, um 1910; Archiv HGV; Foto Max Hickl

Schlosskaplan Dr. Alois Röck in seinem Arbeitszimmer; Archiv HGV; Foto Max Hickl

---

14 Siehe „Schulwesen in der Herrschaft Hohenaschau und in der Gemeinde Aschau i.Ch.", Hans Hoesch* und Elisabeth Lukas-Götz, Quellenband XVIIII zur Chronik Aschau i.Ch., S. 219 ff., 2002; Hrsg. Gde. Aschau i.Ch.

Schüler der Schule Stein im September 1926; rechts außen: Lehrer Max Hickl;
Archiv HGV; Foto Max Hickl

Am 15.11. beschließt der Sachranger Gemeinderat die Kriterien über die künftige Abhaltung der Feiertagsschule im Schulhaus Stein. Ursprünglich sind die Feiertagsschüler nämlich den Volksschulen Niederaschau und Sachrang zugeteilt. Zum Schulbezirk Stein kommt jetzt der nördliche Teil der Gemeinde Sachrang von Außerwald bis einschließlich Innerwald.

Die Schule zählt 30 Werktagsschüler in sieben Klassen und sechs Feiertagsschüler. Letztere sind bis zum 30.4.1909 den Schulen Sachrang und Niederaschau zugeteilt, bis schließlich die Königliche Regierung von Oberbayern die Feiertagsschule in der Schule Stein genehmigt. Der Unterricht ist dort am Samstag Nachmittag abzuhalten.

Aller Anfang ist schwer

Der erste Lehrer von Stein findet ein schmuckes Haus vor, inmitten schöner Gebirgseinsamkeit, ringsum Wiesen, auch kahle Felsen, kein Baum, kein Strauch, keine Einzäunung, nicht einmal eine *„Holzlege"*, wie er bedauernd fest hält. Am Anfang ist nur das Haus! Es gibt für den jungen ledigen Lehrer *„unendlich"* viel zu tun, bis er das Schulheim einigermaßen wohnlich eingerichtet hat. Der Winter steht vor der Tür, es ist kein Brennholz vorhanden, so dass sich der erste Antrag des Lehrers an die Hohenaschauer Gutsverwaltung auf die Beschaffung von Brennmaterial richtet. Der „gute alte" Oberförster Schrobenhauser von Grattenbach, der damals den Standort des Schulhauses vorgeschlagen hatte, hilft dem neuen Lehrer: er lässt trockenes Brennholz bereit stellen, das allerdings im Freien gelagert werden muss. An den Kellerfenstern fehlen die „Reiber" (Verschlüsse), in der Not nagelt er die Öffnungen mit Brettern einfach zu. Durch die in die Wohnung integrierte Kapelle und das große Stiegenhaus pfeift der Wind. Glasabschlüsse gibt es keine, sie können erst nach Genehmigung des Antrages von Zimmermeister Huber aus Aschau angefertigt werden.

Erst im Sommer 1909 wird eine Holzhütte zur Unterbringung des Brennmaterials gebaut. Auf Wunsch Hickls gibt es darin eine Unterteilung für Bienen und Geflügel (Regie: Architekt Prof. Zell). Zum Anbau von Gemüse gräbt der Lehrer ein Stück Wiese am Hang hinter dem Haus um , „wo sich des Nachbars Hühner und Geißen tummeln, weil kein Zaun da ist". Der Kostenvoranschlag für eine von Prof. Zell vorgeschlagene Einfriedung ist so hoch, dass die Ausführung unterbleibt. Durch den freiherrlichen Ökonomierat

Schulhaus Stein im Winter 1909, Archiv HGV;
Foto Max Hickl

Grötsch wird schließlich der Bau eines Zaunes wenigstens für den Gemüsegarten genehmigt. Durch *„eigenmächtiges"* Vorgehen des Lehrers wird der Gemüse- und Beerengarten größer als vom Ökonomierat genehmigt angelegt, indem er den Hang mit einbezieht, um Terrassenanlagen für Beerensträucher zu schaffen. Auch diese Aktion wird im Nachhinein genehmigt.

Der Hang besteht, wie auf dem Foto von 1912 erkennbar, teilweise aus blankem Fels. Die nötige Erde muss Hickl deshalb vom Berg herunter schaffen und Rasen über einen eigenhändig zum Buchenwald hinauf angelegten Serpentinenweg herankarren.
Die Bodenverbesserung gestaltet sich sehr aufwendig, da die Muttererde vorwiegend aus schwerem Lehm besteht.
Fast ein Jahr lang versorgt sich der Junggeselle selbst, gelegentlich unterstützt durch seine in Aschau wohnende, verheiratete Schwester Maria, bis er schließlich eine Haushälterin einstellen kann. Die Lebensmittel, damals Kolonialwaren genannt, werden in Monatslieferungen vom Kaufmann Obermeier in Niederaschau, Fleisch vom Metzger Andrelang einmal wöchentlich, bezogen und durch den Sachranger Boten gebracht. Dieser ver-

Der frisch angelegte „Mustergarten" an der Schule Stein mit dem stolzen Lehrer im Vordergrund, 1912; Archiv HGV; Foto Max Hickl

Schneepflug, bespannt mit acht Pferden, vor der Schule Stein;
Archiv HGV; Foto Max Hickl

gisst jedoch gelegentlich im Vorbeifahren die Sachen abzuliefern und bringt sie dann erst Tage später vorbei, wenn man sie vorher nicht selber in Sachrang abholt.

Das Weihnachtsfest 1908 verbringt Max Hickl lieber allein im einsamen Schulhaus, als dass er in der Dunkelheit auf ungeräumten Wegen durch knietiefen Schnee nach Sachrang stapft. Es kommt im Priental manchmal zu solchen Tiefschneeverhältnissen, dass der mit acht Pferden bespannte Schneepflug sich nicht mehr durchkämpfen kann und die 12 km lange Strecke zwischen Aschau und Sachrang von Straßenarbeitern ausgeschaufelt werden muss.

Freizeit um 1910

Am schulfreien Wochentag (im Bezirk Rosenheim war der Donnerstag schulfrei) können private Unternehmungen, z.B. Bergwanderungen oder Radtouren, im Winter Schiausflüge unternommen werden. Ein bis zweimal wöchentlich sucht Lehrer Hickl die Gastwirtschaft „Breckl" im Weiler Riedbichl in seiner Nachbarschaft auf, wo Oberförster Josef Schrobenhauser täglich sein Abendbier trinkt. Bei dieser Gelegenheit wird oft zur Abendunterhaltung Tarock oder Schafkopf um Pfennige gespielt, *„wobei nie ein hartes Wort fällt".*

Gastwirt Breckl mit Frau vom Gasthaus „Riedbichl", um 1920; Archiv HGV; Foto Max Hickl

Manchmal fahren sie auch, gelegentlich mit Forstwart Thoma, mit Breckl und seinem uralten Gaul im Schritt nach Sachrang zum Zimmerstutzen-Schießen. Dabei wird es oft spät.

Personal der Cramer-Klett'schen Forstdienststelle Grattenbach. Von links: Förster Huber und Heinrich Meggendorfer, Forstwart Fritz Thoma, Jagdgehilfe Josef Mühlberger („Radlschuster"); Archiv HGV; Foto Max Hickl

Forsthaus in Grattenbach (rechts) vor dem Umbau 1912;
Archiv HGV; Foto Max Hickl

Oberförster Schrobenhauser vermacht Hickl für 40 Goldmark einen Zimmerstutzen, damit er endlich sein eigenes Gewehr hat. Eine Ehrenscheibe hat er bei den Sachranger Schützen auch schon gewonnen. Sie hängt an der Giebelwand der Holzlege in Stein.

Am Sonntag besucht er den Gottesdienst in der Pfarrkirche St. Michael in Sachrang und singt als Bass im Kirchenchor mit. Hauptlehrer Forster, als Sachranger Lehrer, obliegt der Chordienst. Dadurch ist er das ganze Jahr hindurch sonn- und feiertags „gebunden" und kann nur weg, wenn er eine Aushilfe besorgt. Chor- und häufig auch Mesner-Dienst ist organisch (also verpflichtend) mit dem Schuldienst verbunden.

Heute kann man schier nicht glauben, dass um 1910 nur 200 Mark Ertrag aus dem Organisten-Dienst frei waren, d.h. soviel durfte ein Lehrer-Organist über seinem Jahresgrundgehalt von rund 1.200 Mark jährlich verdienen. Hatte etwa ein Lehrer durch Kirchendienst einschl. Beerdigungen, Taufen, Hochzeitsämter zusätzlich zum Schuldienst 600 Mark erarbeitet, so wurden ihm von seinem Grundgehalt 400 Mark abgezogen!

Wintersportpioniere

Im Januar 1909 fertigt der Harfenbauer Leitner von Sachrang aus "Spiegelahorn" für Hickl sein erstes Paar Schi. Die Bretter werden mit dem Beil herausgearbeitet und schon mit einer Kehle versehen. Schuster Bliemtsrieder baut ihm dazu eine sogenannte „Pantoffelbindung". Die Ausrüstung wird durch einen gewöhnlichen Bergstock, ohne „Teller", vervollständigt. So ausstaffiert, unternimmt Hickl mit Lehrer Forster von Sachrang und dessen Frau, sowie Forstrat Thoma seine ersten Schiausflüge auf den Geigelstein und die umliegenden Berge.

„Gewöhnlich Sterbliche" haben für diese sportliche Art der Fortbewegung nicht viel übrig; es sei denn, man kann mit diesen Schiern im Winter schneller von einem Ort zum anderen kommen, um Zeit zu sparen und nicht im Schnee zu versinken.

Ein paar Jahre später schon ersetzt der stets der modernsten Technik aufgeschlossene Hickl die handgefertigte „Pantoffelbindung" durch die in Gebrauch kommende „ Wachterbindung". Als Rosenheimer kennt er natürlich die dortige Fa. Wachter, nach der die Bindung benannt ist. Diese Schuh-Schi-Verbindung erfordert einen Eisenbeschlag an der Schuhsohle und ähnelt der *„heutigen"* Langlaufbindung. Mit Lehrer Forster aus Sachrang und dessen Familie ist Hickl gut bekannt. So ist er öfter mit einer *„größeren Schigesellschaft"* in den Bergen unterwegs. Bei einem dieser Schi-

Auf der Hochries beim Skifahren mit Hauptlehrer Forster aus Sachrang, 1909;
Archiv HGV; Foto Max Hickl

Beim Skifahren auf der Talalm am 11.02.1915;
Archiv HGV; Foto Max Hickl

ausflüge verschüttet ein plötzlich abgehendes Schneebrett die Teilnehmer
bis zu den Schultern mit schwerem Schnee und Eis. Hickl berichtet stolz,
dass er sich mit seiner *„Patentbindung"* als erster von seinen Schiern befrei-
en und den übrigen zu Hilfe kommen konnte.

Bergbahnen, Lifte oder präparierte Pisten gibt es damals natürlich nicht.
Mit Gamaschen an den Füßen, Schi und Stecken auf dem Rücken geht es
auf Spitzstein, Hochries, Geigelstein und die anderen Prientaler Berge hinauf. Mühselig der Aufstieg durch oft hüfthohen Schnee. Als Belohnung
dann die winterliche Aussicht über die schneebedeckten Berge und natürlich eine „rasante" Abfahrt, wenn es die Schneeverhältnisse erlauben und
sich keine Klumpen unter den angeschnallten Holzbrettern bilden. Alle-
mal ein Erlebnis, das sich nicht jeder leisten konnte und eine willkommene
Abwechslung in der täglichen Eintönigkeit.

Hochzeit in der Schule Stein

Am 25.8.1909 lernt Lehrer Hickl in Traunstein ein gewisses Fräulein Anni Huber aus Palling, Haus Nr. 37, Landkreis Laufen, kennen, die ihm außerordentlich gut gefällt. Die „Bäckerhuber-Tochter" muss im mutterlosen Haushalt täglich für etwa 20 Leute sorgen und ist deshalb von Jugend an eine hervorragende Wirtschafterin. Die Kommunikation kann nur auf postalischem Wege aufrecht erhalten werden. So entwickelt sich bald ein reger Briefwechsel, zum Teil stenographisch auf Postkarten. Das hat die Vorteile, dass man mehr Text auf der Karte unterbringt und dass nicht jeder gleich den Inhalt entziffern kann.

Anna Hickl, geb. Huber, aus Palling, heiratet am 01.12.1910 den Lehrer von Stein, Max Hickl; Archiv HGV; Foto Max Hickl

Schon am 11. Mai 1910 verloben sich die beiden und bereiten die baldige Verehelichung vor. Damals war es so, dass vor einer Eheschließung sicher gestellt werden musste, dass der Ehemann in der Lage war, eine Familie zu ernähren. Dass verheiratete Frauen das Geld für den Unterhalt der Angehörigen verdienten, war nicht denkbar. Als fest angestelltem Lehrer genehmigt die Königlich-Bayerische Regierung das von Hickl gestellte Verehelichungsgesuch.

Damit steht einer Hochzeit nichts mehr im Wege und die zwei Jahre ertragener Einsamkeit in der Einöde Stein, gehen zu Ende.

Am Donnerstag, den 1. Dezember 1910, führt der Sachranger Bürgermeister Josef Auer im Wohnzimmer des Schulhauses in Stein die *„Ziviltrauung"* durch. Die kirchliche Trauung von Anni Huber und Max Hickl schließt daran an. Sie ist praktischerweise in der schuleigenen Antonius-Kapelle nebenan. Msgr. Dr. Alois Röck, der Hohenaschauer Schlosskaplan und Religionslehrer an der Schule Stein, zelebriert das Hochzeitsamt. Als Gäste wohnen der feierlichen Zeremonie bei: Freifrau Anni von Cramer-Klett, Baron von Fiedler, Weidachwies, Pfarrer, Lehrer und Bürgermeister von Sachrang und die Angehörigen des Brautpaares. Die Hochzeitsfeier ist anschließend im Gasthaus Wildbichl, gleich nach der Tiroler Landesgrenze. Da genügend Schnee auf der Straße liegt, geht es mit Schlittengespannen von Stein nach Wildbichl.

Die Ausgaben *„anlässlich der Vermählung am 01.12.1910"* notiert Hickl in seinem 1901 angelegtem *„Haushaltungsbuch"*.

Mahl in Wildbichl, Gedecke	*80,00 Mark*
Trinkgeld	*10,00 Mark*
Fuhrwerk	*48,00 Mark*
Stein	*16,00 Mark*
Brautschleier, Blumen	*20,00 Mark*
Gebühren 10 M, Dienstmann 6 M	*16,00 Mark*
Fracht 60 M, Transport 15 M	*75,00 Mark*
Omnibus (30.11.)	*5,50 Mark*
Bade-Einrichtung	*275 M,*
Maler (Bad)	*18 M*
	293,00 Mark
Pfarrer Bauer Rückzahlung	*312,00 Mark*
Kränzle (Pianino Rückzahlung)	*300,00 Mark*
Schwester Maria Rückzahlung	*300,00 Mark*

Am 01.12.1910 v. Schwiegervater erhalten   *1000 M*

Nachträglicher Vermerk unter der Aufstellung:
Von der 1. Mitgift bezahlt! Diese „Schulden" verschuldete der Arbeitgeber „Staat"!

Der erste Sohn, Theodor, kommt am 6. Juni 1912 im südlichen Eckzimmer des Schulhauses zur Welt. Ihm folgte am 18. April 1914 sein Bruder Siegfried. Damit hat die Familie Hickl im Schulhaus Stein ihren vorläufigen Lebensmittelpunkt gefunden.

Einrichten der Lehrerwohnung

Im August 1910, vor der beabsichtigten Hochzeit, wendet sich Hickl an Baron von Cramer-Klett und Ökonomierat Grötsch in der Rentei. Er möchte gerne in die Lehrerwohnung im Schulhaus Stein ein Bad einrichten. Grötsch ist von diesem Ansinnen nicht gerade begeistert. Er lehnt das Ge-

Anna Hickl mit den beiden Söhnen Theodor und Siegfried 1915;
Archiv HGV; Foto Max Hickl

such mit der Begründung ab, dass im Schulhaus dazu kein eigener Raum vorgesehen sei und er im Übrigen selbst in einer Wanne in seiner Waschküche bade (da steht es natürlich einem kleinen Lehrer wohl nicht zu, derartige kostspielige Ansprüche zu stellen!). Cramer-Klett sieht die Angelegenheit etwas objektiver und lässt sich den Bauplan vorle-

Das umstrittene „moderne" Bad in der Schule Stein um 1915 mit Theo und Siegfried in der Wanne; Archiv HGV; Foto Max Hickl

gen. Man einigt sich in einem Gespräch darüber, den als „Magdzimmer" bezeichneten Raum als Badezimmer einzurichten. Allerdings muss der Lehrer für die Installationskosten selbst aufkommen. Damit hat er sein Ziel erreicht. Er beauftragt die Fa. Obermaier aus Niederaschau mit den Arbeiten, die dann rechtzeitig vor der Hochzeit abgeschlossen sind. Hickl notiert später, dass die Kosten für das Einrichten des Bades im Jahre 1914 doch noch nachträglich von der Ökonomieverwaltung übernommen wurden.

Esszimmer von 1910, gefertigt von Schreinermeister Blüml, Palling; Archiv HGV; Foto Max Hickl

Maler Gutbier beim Ausmalen des Esszimmers; Archiv HGV; Foto Max Hickl

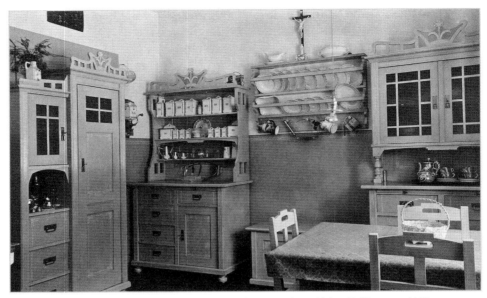

Die Kücheneinrichtung, gefertigt von Schreinermeister Aicher, Palling, von 1910;
Archiv HGV; Foto Max Hickl

Nachdem mit der Hochzeit das Junggesellendasein vorbei ist, müssen auch die einzelnen Räume der ca. 220 m² großen geräumigen Lehrerwohnung ausgestattet werden. Die dazu notwendigen Möbel aus massivem Holz fertigen Schreinermeister Aicher (Küche) und Schreinermeister Blüml (Ess-/Wohnzimmer) aus Palling an. (Ein Teil der Möblierung ist heute noch im „Lehrer-Hickl-Zimmer" im Müllner-Peter-Museum in Sachrang ausgestellt.)

Verdienst

Aus den akribischen Aufzeichnungen Hickls in seinem „*Haushaltungs-buch*" geht hervor, wie sparsam sich der Lehrer-Seminarist in den Jahren 1899-1901 durchs Leben schlägt. Überwiegend bestreitet er seinen Lebensunterhalt durch Zuwendungen von Verwandten (hier tauchen regelmäßig seine Brüder Karl (arbeitet im Marmorwerk Kiefersfelden im Büro) und sein Bruder Ludwig auf, die ihn monatlich mit je 10 Mark unterstützen. Kleine Beiträge kommen ab und zu vom „Seminar-Lehrerkollegium" und durch erteilte Privatstunden (2 Mark) dazu. Oft muss er sich in diesen Jahren Geld leihen (*„10 Mark vom Schwager"* oder von der *„Haustochter Anna Buchner 10 Mark geborgt"*).

Interessant und aufschlussreich seine detaillierten Einträge der Ausgaben:

02.01.1901, „Fahrt München-Freising 1,60 M; Hausfrau (Wohn., Frühst. u. Abendessen) 17,40 M; Anna Buchner 7,00 M; 03.01., Zucker u. Hausherr (Schuster) 0,50 M; Ludw. Wallenstein 1,90 M; 04.01., Buchbinder Warmut, Freising 0,70 M; 05.01., Leder- u. Hausschuhe 11,00 M; 06.01., Post 0,50 M; 14.01., Petroleum 0,25 M", usw.

Am 1. Oktober 1901 erhält er erstmals vom Rentamt Schongau 15 „Goldmark" Gehalt als Aushilfslehrer in Apfeldorf. Am 5. November bezahlt ihm die Gemeinde 12,43 Mark. Als Lohn bekommt er im November 27 Mark, im Dezember 26 Mark; dazu im Weihnachtsmonat 50 Mark „Unterstützung" (wahrscheinlich aus Kreismitteln).

Sein Überblick über Einnahmen und Ausgaben für das Jahr 1901 ergibt einen Überschuss („*bleibt bar*") von 81 Mark. Gesamteinnahmen in Höhe von 663 Mark stehen Ausgaben von 582 Mark gegenüber. Ein Weißbier kostet z.B. 40 Pfennig, ein Bier zwischen 15 und 35, 2 Kerzen 15, Zucker 40, Petroleum 20, Zündhölzer und Tabak 60, eine Lampe 3,20 Mark.

In seiner Zeit als „Schulverweser" – inzwischen wieder in Rosenheim – errechnet er für's Jahr 1907 immerhin schon 1.776 Mark Gesamteinnahmen. Davon machen das Gehalt 1.362 Mark, Privatstunden 84 Mark und Darlehen 180 Mark aus.

Recht große Sprünge kann der immerhin schon 24-jährige damit gewiss trotzdem nicht machen.

Durch seinen Wechsel an die Schule Stein verbessert sich sein Gehalt zwar nicht schlagartig, doch bezieht er eine große Wohnung (220 m²!) und wird zum „echten" Lehrer ernannt.

1909 bekommt Hickl ein Grundgehalt von 1.200 Mark im Jahr und 150 Mark Alterszulage, also insgesamt 1.350 Mark. Das sind 112.50 Mark pro Monat inklusive freie Wohnung. Dazu kommt eine freiherrliche Gehaltszulage von jährlich 300 Mark, die nach seiner Heirat (1910) auf 500 Mark erhöht wird. Dafür muss er u.a. dem Schlosskaplan Dienstag und Freitag nach der Hl. Messe, die er in der Antonius-Kapelle feiert, ein Frühstück reichen.

Die Baulast am Schulhaus Stein sowie die übrigen Ausgaben im Zusammenhang mit der Schule trägt vereinbarungsgemäß die Familie von Cramer-Klett. Bis zum 31. Dezember 1919 zahlt die Rentenverwaltung zum Lehrergehalt einen jährlichen Zuschuss von 360 Mark, ab 1.1.1920 trägt der bayerische Staat das gesamte Lehrergehalt. Damit entfiel die Leistung der Gemeinde.

B e s c h e i n i g u n g .

Der Lehrer der Schule Stein bezieht aus Renten-
verwaltungsmitteln jährlich Mk. 5 0 0.- . Dieser Betrag dient
als dienstliche Aufwandentschädigung am exponierten Schulposten
Stein, zugleich als Entgelt für Darreichung von Frühstück an den
jeweils zelebrierenden Geistlichen (Schulkapelle Stein), ebenso
zur Schadloshaltung für an arme Schulkinder gegebene Lehrmittel
u.s.f. und kann daher steuerlich nicht herangezogen werden, da er
kein Teil des Gehaltes ist.

Freiherrl. von Cramer=Klett'sche
Hütten= u. Rentenverwaltung
Hohenaschau.

*Bescheinigung der Verwaltung Cramer-Klett über die
jährliche Zuwendung von 500 Mark, 19.08.1918;
Archiv HGV; Nachlass Max Hickl*

Garten

Die Gartengestaltung in Stein fordert viel Zeit und Arbeit. Hickl baut seinen Garten quasi als Mustergarten aus. Zusätzlich pflanzt er etwa 100 Johannisbeer- und Stachelbeerstauden und unzählige Erdbeerpflanzen sowie im Laufe der Zeit ca. 50 Obstbäume. Mit der Ernte in dieser klimatisch und vom Boden her nicht gerade bevorzugten Lage erntet er im Jahr 1918 z.B. gerade einmal etwa 50 Birnen von Spalierbäumen und etwa 10 kg Äpfel. Natürlich betreibt er zusätzlich auch Bienenzucht, einige Jahre sogar mit recht gutem Erfolg. Wegen der langen Winter und der vielen Niederschläge ist jedoch Obstbau und Bienenzucht im Priental nur mit bescheidenem Erfolg möglich.

Bessere Ergebnisse bringt die Beerenernte in den Bergwaldschlägen, die fast in jedem Jahr genügend Beeren liefern (Erdbeeren, Himbeeren, Preiselbeeren und auch Brombeeren). Die Beerenernte von Wald und Garten wird eifrig zu köstlichen Marmeladen, Säfte und Beerenweinen verarbeitet. Gerade das Keltern von Beerenwein macht Hickel Spaß. Dabei erzielt er mit Reinzuchthefen beachtliche Ergebnisse, was ihm sachkundige Gäste beim Probieren bestätigen. Die Zuckernot während des Krieges und der Inflationszeit schränken solche Aktivitäten aber leider weitgehend ein.

Beerenernte im Lehrergarten an der Schule Stein um 1916; Archiv HGV; Foto Max Hickl

Vom Strom im oberen Priental und seiner „langen Leitung"

In Niederaschau ist das Entstehen einer Stromversorgung eng mit dem Zimmermeister Johann Baptist Huber verbunden, der bereits am 25.11.1897 bei der Gemeinde Niederaschau einen Antrag auf *„Errichtung einer elektrischen Beleuchtungscentrale"* stellt.[15]

Der Aufbau einer Versorgung mit elektrischer Energie in Hohenaschau geht – wie eine Reihe von anderen technischen Entwicklungen - auf die Freiherrlich Cramer-Klett'sche Verwaltung zurück, die hier Pionierdienste leistet.

In den Jahren 1906/07 lässt der Baron im Ortsteil Hammerbach ein Wasserkraftwerk errichten. Die Ableitung des Hammerbaches sorgt – wie über Jahrhunderte vorher beim Betrieb der Eisenwerke – für die nötige Primärenergie. So kann neben den Gutsbetrieben auch die zwischen 1905 und 1908 zum Wohnschloss umgebaute Burg Hohenaschau mit Strom versorgt werden.

Das Cramer-Klett'sche E-Werk an der Högermühle in Hohenaschau;
Archiv HGV

---

[15] „Gewerbe, Handwerk, Zoll", Teil V, „Strom- und Wasserversorgung", Hans Meck+, Quellenband XVI zur Chronik Aschau i.Ch., 2002; Hrsg. Gde. Aschau

Elektrisches Licht gibt es zu dieser Zeit im oberen Priental noch nicht. Der erste, der um 1912 versucht Strom zu erzeugen, ist Max Hickl. In seinem Schlafzimmer und im Flur des Schulgebäudes unternimmt er Versuche mit Salmiak-Elementen, die jedoch kläglich scheitern. Irgend etwas macht er falsch. Er überlegt und kommt schließlich auf die Idee, es einmal mit Wasserkraft zu versuchen, wie es die Nieder- und Hohenaschauer seit Jahren erfolgreich praktizieren. Er untersucht die Schulwasserleitung und stellt fest, dass diese vom Schulgebäude etwa 700 m zu einer Quelle führt, die etwa 160 m höher liegt. Das wäre ein brauchbares Gefälle.

Um dies zu nutzen, braucht er zunächst einmal ein Aggregat. Er studiert einschlägige Literatur und fordert etliche Kataloge an, um ein geeignetes Gerät für die Stromerzeugung zu bekommen. Schließlich wird er fündig. Es ist eine Leipziger Firma, die das Gewünschte samt Installationsmaterial liefert. Als er in mühevoller Arbeit alles montiert hat, stellt er fest, dass die Leistung der „Mini-Anlage" bei weitem nicht für die notwendigsten Ansprüche ausreicht. Eine stärkere Anlage muss her! Er kauft eine kleine Hochdruckturbine, schließt sie an der Wasserleitung in der Küche an und überträgt ihre Kraft über einen Riemen auf einen Gleichstromgenerator. Um den tagsüber erzeugten Strom speichern zu können, ist noch ein Blei-Akku erforderlich. Der Sachranger Bote bringt ihn nach Stein. Aber wie! Den Umgang mit solchen „modernen" Geräten ist für den Boten völlig ungewohnt. So kippt der Akku auf der holprigen Straße und die ganze Schwefelsäure läuft aus. Ein Malheur, denn es dauert wieder Wochen, bis der Schaden ersetzt ist. Aber es funktioniert. Die erste Lichtanlage in der Gemeinde Sachrang liefert ab 1912 Strom.

Die erste Stromanlage Hickls von 1912 in der Küche; Archiv HGV; Foto Max Hickl

Inzwischen beginnt 1914 der unselige I. Weltkrieg. Infolge der bevorstehenden Einberufung zum Militär am 1. September 1917, bestellt Hickl ein besseres Aggregat bei der Münchner Fa. Pfister & Schmidt, das dann bis 1927 im Einsatz ist. Bei einem Wasserzulauf von 20 – 30 Liter pro Minute bringt es die Stromerzeugungsanlage auf gerade einmal ein halbes PS. Wegen der langen Zuleitung beträgt der Druckverlust durch Reibung in dem zölligen Rohr 2/5.

Erst sechs Jahre später (1918) folgt die Elektrifizierung des Sägewerks in Grattenbach. Auf Anraten von Hickl richtet 1916 der Niederaschauer Wagner Göser eine elektrische Lichtanlage ein. 1919 folgt Leonhard Hell. Dessen Anlage erzeugt immerhin ¾ PS an Energie.

Petroleum-, Kerzen- und Karbidnot in der Notzeit während und nach dem I. Weltkrieg überzeugen auch die Gemeinde Sachrang, dass eine Elektrifizierung unumgänglich ist. Ein baldiger Anschluss an die Überlandzentrale (Leitzachwerk) ist geplant. Ein „Lichtausschuss", dem auch Lehrer Hickl angehört, sollt die Vorarbeiten übernehmen und Material sammeln. Da aktuell aus Übersee, Ebersberg und anderen Orten, vor allem in der Zeitung Klagen über die Oberbayerische Überlandzentrale (OBÜZ) zu vernehmen sind, wird zunächst geprüft, welche Möglichkeiten die im eigenen Tale vorhandenen Wasserkräfte bieten. Hickl veranlasst, dass zwei Ingenieure der Fa. Pfister und Schmidt mit seiner Hilfe Wassermessungen vornehmen. Das Ergebnis ist ernüchternd. Die oft diskutierte Quelle am Ranken (neben der Schoßrinn-Alpe) liefert nach den Messergebnissen lediglich 1 Liter Wasser pro Sekunde. Bei einer Leitungslänge von 1700 m ergibt dies an der Weißenbachmündung gerade einmal 4 PS. Eine viel zu geringe Leistung im Verhältnis zu den erforderlichen horrenden Ausbaukosten. Die Quellen des „Berger-Werkes" (Leonhard Hell) können auch nur ¾ bis 1½ PS leisten, was nur für einige Häuser reichen könnte. Der Labenbach kommt nicht in Frage, weil er nach Angabe früherer Sachverständiger zu starkes Geschiebe mit sich führt. Allein am Grattenbach mit 40 m Gefälle und 100 Liter pro Sekunde erscheint ein Ausbau sinnvoll, da er mindestens 40 PS bringen könnte.

In der Hauptversammlung am 21.9.1919 berichtet Hickl über die bisherigen Ergebnisse. Ein Vertreter der OBÜZ erläutert ausführlich Bedingungen und Kosten eines Anschlusses. Das erscheint einigen Teilnehmern wohl zu illusorisch, denn sie stehen auf und verlassen die Versammlung. Jetzt ergreift Max Hickl erneut die Initiative und lädt die „Lichtinteressierten" des Schulbezirks Stein am 11.4.1920 zu einer gut besuchten Versammlung ins Gasthaus Wasserfall ein. Die Versammlung beschließt, Herrn Baron von Cramer-Klett für ein Grattenbach-Kraftwerk zu interessieren.

Die erweiterte und verbesserte Stromgewinnungs-Anlage von 1917 leistet ½ PS;
Archiv HGV; Foto Max Hickl

Schon 14 Tage später, am 26.4.1920, schickt dieser als seinen Vertreter Herrn von Raffler und den Oberingenieur Deuringer nach Stein und Sachrang. Oberingenieur Deuringer schlägt folgendes vor: Ausbau eines Grattenbach-Kraftwerkes mit ca. 120 bis 140 PS. Die Leitungs- und Transformatorenkosten werden auf etwa 1.700 000 Mark geschätzt.

Erneut scheitert der Vorschlag an den hohen Kosten, die man nicht aufbringen kann.

Noch einmal wenden sich die Sachranger an die Fa. Pfister & Schmidt. Nach zähen Verhandlungen kommt man überein, doch den Labenbach auszubauen. Damit können 25 PS an Energie gewonnen werden. Die ersten Lichter in Sachrang brennen am 22.7.1921.

Etliche Einwohner aus Innerwald würden gerne die Quellen auf dem Schachen zur Energieerzeugung ausbauen. Die Fachleute sprechen sich dagegen aus. Nach ihren Berechnungen würde das Projekt lediglich 1,5 bis 2,5 PS erzeugen. Allerdings hätte man auf diese Weise gleichzeitig das Trinkwasserproblem für Innerwald lösen können. Etwas später schließen sie sich dann den Sachrangern an. Damit sind immer noch nicht alle Siedlungsplätze im oberen Priental an die Stromversorgung angeschlossen.

 Am 12.6.1921 beruft deshalb der neue Besitzer des Wiesbeck-Anwesens (Schwarzenstein Nr. 19) Alois Rechl, eine „Licht-Interessenten-Versammlung" im Gasthof „Wasserfall" ein. Bei diesem Treffen beschließen die Teilnehmer, ihre Anwesen (von Außerwald bis zum Gasthaus Wasserfall) an das Stromnetz der OBÜZ anzuschließen. So brennt im Mai 1922 auch im nördlichen Teil der Gemeinde das „Elektrische". Die „Übergangenen", die Hausbesitzer von Klausgraben bis Grattenbach, entscheiden sich daraufhin, ihren Strom vom Sägewerk König in Grattenbach zu beziehen, der aus diesem Grund seine kleine Anlage vergrößert. Im Oktober 1922 werden die Leitungsmasten von Grattenbach bis zum „Hirl" (Hainbach Nr. 34) gesetzt,. Am 3. November 1922 ist Probebeleuchtung von Grattenbach bis „Neuhäusl" (Hainbach Nr. 20), eine Woche später bis „Hirl" und Aigner.

Die Schule Stein behält ihr eigenes Werk und bleibt dadurch autark. Alle anderen Abnehmer bekommen ihren Strom erst bei Einbruch der Dunkelheit. Morgens wird er abgestellt. Die Leitungen sind während des Tages stromlos. Außerdem gibt es nur Lichtstrom, keinen Kraftstrom für Maschinen und Motoren. Ab und zu kommt es vor, dass sonntags der Generator nicht oder verspätet eingeschaltet wird. Die Versorgung ist insgesamt recht störanfällig, so dass die Stromlieferung z.B. auch bei Hochwasser ausfallen kann. Deswegen ist Max Hickel froh und stolz auf sein „Steiner Werk", das ihn nie im Stich lässt.

Das erste Telefon

Zehn Jahre seit ihrem Bau ist die Einödschule in Stein nun schon praktisch von der „Außenwelt" abgeschnitten, oder wie man heute sagt, ohne „Kommunikationsmittel". Dabei gibt es in den Städten schon seit Ende des 19. Jahrhunderts Fernsprechapparate und Telefonvermittlungen, die sich immer mehr ausbreiten. Auch in Nieder- und Hohenaschau weiß man diese technische Errungenschaft schon vereinzelt zu schätzen. Max Hickl hat die Vorteile einer solchen Telefonverbindung längst erkannt und möchte deshalb natürlich liebend gerne einen „Telephonapparat" für sein Schulhaus haben. Vertrauensvoll wendet er sich am 3. Oktober 1918 mit der Bitte an die freiherrliche Verwaltung, anlässlich seines zehnjährigen *„Hierseins"* den Anschluss an das Aschauer Telefonnetz *„gütigst genehmigen zu wollen"*. Er erklärt sich dazu bereit, jedes nicht dienstliche Orts- und Auswärtsgespräch, selbst zu erstatten. Überraschend schnell, schon eine Woche später, am 9.10.1918, bekommt er von der Cramer-Klett'schen Verwaltung folgende Antwort: *„In Beantwortung Ihres Gesuches an Herrn Reichsrat Freiherrn von Cramer-Klett vom 3.10. teilen wir Ihnen mit, dass Herr Reichsrat die Telefonanlage genehmigt hat und Sie das Weitere zur Ausführung veranlassen wollen. Mit bestem Gruß! Rentenverwaltung H. Maier"*.

Das erste Telefon in der Schule Stein (links an der Wand) gibt es im Dezember 1918; Archiv HGV; Foto Max Hickl

Am 16./17. Dezember wird das langersehnte „Telephon" endlich eingerichtet. Ein selbständiger Umschalter, eine sogenannte „Kombination", erübrigt ein zweites Kabel. Die Verbindung läuft über die Grattenbach-Leitung. Dieses „Weihnachtsgeschenk" erleichtert das tägliche Leben der Bewohner von Stein gewaltig. Wo es vorher einer Wanderung oder einer Fahrt nach Niederaschau bedurfte, genügt jetzt ein einfacher Anruf! Vom 17.12.1918 bis 31.12.1919 notiert Hickl gewissenhaft 479 Telefongespräche; im Jahre 1920 waren es insgesamt 312 Anrufe.

Der leidenschaftliche Fotograf

Schon lange verfolgt Hickl die Fortschritte auf dem Gebiet der Fotografie. Die Möglichkeiten, mit einem Fotoapparat Situationen und Objekte fest zu halten, auch um sie für seine Arbeit als Lehrer zu verwenden, faszinieren ihn.

Wieder studiert er Prospekte und Beschreibungen und befasst sich mit der Entwicklung von belichtetem Material. Negative entwickeln und Bilder vervielfältigen kann damals nur der „Lichtbildner" oder Fotograf in seinem Atelier.

Er spart und leistet sich am 7.12.1913, etwa ein Jahr nach seiner Eheschließung, für über 200 Goldmark eine Klappkamera für 10 x 15 cm Platten (Postkartenformat) von Ernemann, die „Ernon "Doppelanastigmat (Lichtstärke 1:6,8). Der Apparat ist zwar nicht besonders lichtstark, hat aber den Vorteil, dass man nach Entfernen der Vorderlinse mit der Hinterlinse allein einen Tele-Effekt erzielen kann. Diese Kamera wird seine ständige Begleiterin. Mit ihr fotografiert er alles, was wir heute als wertvolle Dokumente längst vergangener Tage betrachten.

Das Badezimmer im Schulhaus ist seine Dunkelkammer. Bei Bedarf nutzt er die Fotokamera als Vergrößerungsoder auch Verkleinerungsgerät. Als nötige Lichtquelle verwendet er Tageslicht, das durch einen Verdunklungsschacht am Fenster in den Raum kommt. Seine Petroleum - Dunkelkammerlampe versieht er praktischerweise mit einer Glühbirne. Zum Belichten der Bromsilberkarten öffnet er einen seitlichen Lichtschacht und hält einen Kopierrahmen mit dem zu be-

Hickls erste Kamera von 1913;
Prospekt der Fa. Ernemann aus Dresden;
Archiv HGV; Nachlass Max Hickl

lichtenden Blatt je nach der erforderlichen Belichtungszeit vor die Lichtquelle.

Aus heutiger Sicht mutet es fast grotesk an, dass man mit kriegsbedingt
primitiven Einrichtungen und Improvisationen, qualitativ so gute Leistungen erzielen konnte.

Hickl fotografiert in seiner engeren Umgebung, die Berge, das Tal, die täg-
liche Arbeit der Prientalbewohner, die Menschen, ihre Häuser, ihre Feste,
die Familie von Cramer-Klett, und viele persönliche Dinge des Lebens.
Damit schafft er es, seine Zeit lebendig werden zu lassen und ein Stück
Zeitgeschichte fest zu halten. Beispielsweise dokumentiert er das von der
Schlossherrschaft im Festhallengelände von Hohenaschau gegründete
und unterhaltene Lazarett (das bis Ende Mai 1921 bestand)[16]. Mit dem
Verkaufserlös der von ihm produzierten Ansichtskarten unterstützt er den
Wohlfahrtsausschuss der Gemeinde, der monatlich Zuschüsse an „Krie-
gersfrauen" weitervermittelt. Gerne kaufen die Verwundeten gegen einen
geringen Betrag die Fotokarten. In verschiedenen Geschäften, z.B. bei
Schwaiger, Hohenaschau, oder Obermeier, Niederaschau, werden die
„Wohlfahrtskarten", verkauft.

Verwundete Soldaten mit ihren Betreuerinnen im Lazaretthof (Festhallengelände Hohenaschau);
Archiv HGV; Foto Max Hickl

---

[16] Fotos vom Hohenaschauer Reservelazarett und andere Beispiele siehe Anhang!

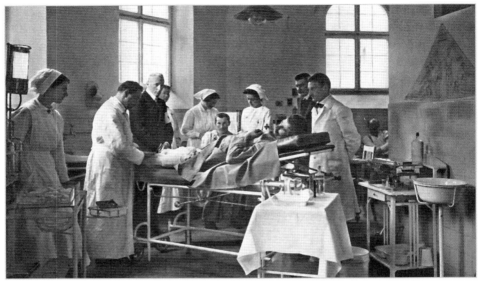

„Visite" im Operationssaal des Lazaretts; in der Mitte Theodor von Cramer-Klett, 1915; Archiv HGV; Foto Max Hickl

Fast nicht zu glauben, dass Hickl von 1914 bis 1917 über 25.000 Stück „photographische Bromsilberkarten" in seiner privaten Dunkelkammer herstellt. An die heimatliche und allgemeine Kriegsfürsorge fließen aus diesem von der Königlich-Bayrischen Regierung von Oberbayern genehmigten Wohlfahrtsunternehmen etwa 1.500 Mark. Aus der Wohlfahrtskasse Sachrang werden insgesamt rund 7.000 Mark verteilt. Die Einnahmen setzen sich zusammen aus monatlichen Zuschüssen von 100 Mark durch Baron von Cramer-Klett, Hickl's „Photo-Wohlfahrtskasse" und 200 Mark Zuschüssen von Veteranenverein und Kirchensammelgeldern.

Die Vereinigung der Sachranger Soldatenfreunde, welche an Ostern von Lehrer Hickl nach dem Aschauer Vorbild ins Leben gerufen wird, zählt 40 Mitglieder.

Vereinigung der Aschauer Soldatenfreunde bei einer Versammlung 1915; Archiv HGV; Foto Max Hickl

„Liebespakete" im Werte von 3.921 Mark können daraufhin an die „Krieger der Gemeinde" ins Feld gesandt werden. Die Arbeit des Verpackens und Absendens übernehmen die Aschauer Soldatenfreunde.

Der Sachranger Postbote Paul Stettner übernimmt die Stelle des „Einkassierers" beim Sachranger Bund der Soldatenfreunde.

Im Alter von 34 Jahren wird Max Hickl selbst Soldat. Am 1. September 1917 tritt er beim der Königlich Bayerischen Flieger-Ersatz-Abteilung 1 in München-Schleißheim seinen Dienst an.
Sein Vertreter während dieser Zeit ist Lehrer Max Limmer.

Der Kriegsdienst bleibt ihm zum Glück erspart, weil Lehrer gebraucht werden. Schon am 15. April 1918 wird er wieder entlassen und kann seinem Beruf nachgehen.

Kriegsaushilfe Max Limmer, 1917;
Archiv HGV; Foto Max Hickl

Militärausweis für die Entlassungsfahrt von Schleißheim
nach Aschau bei Prien, 15.04.1918;
Archiv HGV; Nachlass Max Hickl

Pionier Max Hickl,
Archiv HGV;
Foto Max Hickl

Ein Beispiel für die Wertschätzung, die Max Hickl als Fotograf genießt, ein Beispiel:

Am Samstag, 7. November 1925 heiratet die älteste Cramer-Klett-Tochter, Baronesse Elisabeth, in der Hohenaschauer Schlosskapelle den ehemaligen Lazarettarzt, Dr. Leixl. Obwohl ein Berufsphotograph bestellt ist, bittet Baronin Anni ausdrücklich Max Hickl auch um Amateuraufnahmen. Diese gelingen so gut, dass über 1000 Postkarten davon angefertigt werden.

Anmerkung:
Nach Ende des I. Weltkrieges bietet sich Hickl die Möglichkeit, eine Lehrerstelle in seinem Geburtsort Rosenheim zu bekommen. Von der Regierung von Oberbayern erhält er eine Versetzungsurkunde mit dem Dienstantrittsdatum 1.9.1920. Eine gute Chance, von der Einöde Stein in die Stadt zu kommen. Er kann sie jedoch nicht nutzen, weil er

Hochzeitsfoto der Baronesse Elisabeth von Cramer-Klett und Dr. Leixl im Preysingsaal auf Schloss Hohenaschau vom 07.11.1925; Archiv HGV; Foto Max Hickl

zu dieser Zeit in Rosenheim trotz mehrfacher Gesuche beim Wohnungsamt keine geeignete Wohnung für seine Familie findet.[17] So muss er schweren Herzens auf den Posten verzichten. Die Talbewohner freuen sich, weil ihnen auf diese Art und Weise Max Hickl als Lehrer ihrer Kinder erhalten bleibt.

Der Rundfunk wird hörbar
Schon die Telephoninstallation in der Einöde im 1918er Jahr ist für die Bewohner in Stein und Umgebung ein gewaltiger Fortschritt. Doch Max Hickl wird nicht müde, sondern hält stets Ausschau nach modernen Neuerungen, die das Leben in der Abgeschiedenheit erleichtern und bereichern könnten. Doch es dauert bis zum Jahr 1924, genauer gesagt, Mittwoch, den 3. September, als es erstmals in den Kopfhörern der Zuhörer knistert, die

---

[17] Siehe Schreiben an das Wohnungsamt Rosenheim vom 14.01.1921 im Anhang!

in der Schule Stein in den Bänken sitzen und versuchen das Programm eines Radiosenders zu empfangen.

Am 26./27. August 1924 probiert Hickl mit einem Gerät der Isaria-Werke Marke „Kramolin" herum. Mit einer mächtigen Hochantenne versucht er einen Sender herein zu bekommen. Leider ohne Erfolg. Wie er feststellt, ist kein „Saft" in der Anodenbatterie. Doch an Rückschläge ist er gewöhnt. Anfang September klappt es ja dann doch. Aber so richtig funktioniert die neue Technik erst ab 17. Oktober 1924. An diesem Freitag kann er den „ersten Rundfunkempfänger" des Prientales in Betrieb nehmen. Voraussetzung für diesen Erfolg ist die Hochantenne, die er mit fleißigen Helfern vom Buchenwald über Straße und Prien spannt. Ihre „wirksame" Länge beträgt immerhin 60 m.

Am Donnerstag, 6. November gibt es eine öffentliche Rundfunkvorführrung von 16.30 bis 17.30 Uhr im Schulzimmer von Stein für Schüler, abends für Erwachsene. Dabei werden die vorhandenen vier Kopfhörer in der Weise geteilt, dass acht Personen an je einer Muschel hören können.

Hickl ist offensichtlich von seinem „Kramolin" nicht besonders begeistert. Der Aufwand, das Gerät zu betreiben, erscheint ihm zu groß. Er verkauft es bereits wieder am 6. Januar 1925 nach Frasdorf. Einen Monat später, am 3. Februar 1925 nimmt er einen neuen „Telefunken III" in Betrieb. Er berichtet, dass am 28.2.1925 wieder 50-60 Personen an einer öffentlichen Rundfunkvorführrung im Schulhaus teilnehmen. Das muss man

Der neue Telefunken-Rundfunkempfänger von 1925;
Archiv HGV; Foto Max Hickl

sich vorstellen! Es ist nämlich gar kein deutscher Sender zu hören, nur „Ausländer" mit dem so häufigen „Fading" (Schwund). Wie Hickl erst im Nachhinein feststellt, schweigen an diesem Samstag alle deutschen Sender aus Anlass des Todes von Reichspräsident Friedrich Ebert. Als hätte Hickl es geahnt, dass das mit der Rundfunkübertragung nicht klappt, hatte er zufällig einen Zauberkünstler eingeladen. Dieser springt dann als willkommener „Lückenbüßer" ein und die Leute gehen zufrieden nach Hause.

Das mit dem Radiohören bereitet dem Lehrer noch manche Probleme. Es gibt noch keine einschlägige Fachliteratur. „Radiopioniere" müssen deshalb vor allem mit dem Antennenbau herum probieren und Versuche machen, um den ein- oder anderen Sender empfangen zu können. Erfindergeist ist gefragt! Hickl entdeckt bei seinen Experimenten, dass sich z.B. statt „Erde" ein niedrig gespannter Antennendraht als „Gegengewicht" besser bewährt. Dann gibt es da noch das Problem mit den Batterien. Die erste Anodenbatterie hält gerade einmal 14 Tage. Trockenbatterien erweisen sich als zu teuer. Schließlich baut sich der Tüftler eine eigene Batterie aus ca. 80 zusammengelöteten Salmiak-Nasselementen, die leicht zu warten und reparieren sind. Jetzt funktioniert's!

Das Ende der Postkutschen-Zeit

Auch auf anderen Gebieten macht die Technik Fortschritte, manchmal sogar Sprünge. Langsam kommt die Zeit der ersten Automobile. In den Städten längst nichts Besonderes mehr, ist ein Auto in ländlichen Gegenden im Jahre 1925 noch eine exotisch anmutende Ausnahmen.

Erst seit dem Jahre 1923 gibt es beispielsweise die ersten LKW mit Dieselantrieb. Kein Wunder, dass nach Sachrang immer noch die Postkutsche verkehrt. Aber am 20. April 1925 ist es dann so weit: An der Schule Stein rumpelt gegen 16.00 Uhr erstmals ein Postauto „zur Probe" in Richtung Sachrang. Dann dauert es nicht mehr lange und die moderne „Autopost" kann am 1. Au-

Postkutsche auf der Straße vor dem Schulhaus in Stein; Archiv HGV; Foto Max Hickl

gust offiziell eröffnet werden. Das neue Verkehrsmittel, das Postkutsche und – schlitten ablöst, fährt zwei Mal am Tag die Strecke Prien – Wildenwart, Frasdorf – Aschau – Sachrang. Der Fahrpreis von Prien nach Sachrang beträgt 2,50 Mark.

Der Postschlitten, gezogen von zwei Mulis, verkehrt am 14. Februar 1914; Archiv HGV; Foto Max Hickl

Die Sachranger feiern an diesem Samstag die Ankunft des ersten Postautos in Begleitung von zwei weiteren vor dem Gasthaus „Post" gebührend. Der ganze Ort scheint aus dem Häuschen zu sein. Und wie modern die Wagen ausgestattet sind! 10 Sitze, auf denen man bequem Platz findet, was bei den Vorgänger-Fahrzeugen beileibe nicht immer der Fall war. Den Bewohnern von Sachrang fällt es offensichtlich nicht schwer, sich von der Postkutschenzeit zu verabschieden. Es war ja in den letzten Jahren auch kein „Zuckerschlecken" mehr, mit der Kutsche zu reisen. Erstens die lange Fahrzeit, zweitens der geringe Komfort und drittens die Unpünktlichkeit.

Eröffnung der „Autopost" von Prien nach Sachrang am 1. August 1925 vor dem Gasthaus „Post"; Archiv HGV

Im Jahre 1923 war beispielsweise der Linienverkehr sogar über vier Monate wegen der hohen Betriebskosten (Inflation) eingestellt, und erst im Dezember, nach Einführung der „Rentenmark" (1 Billion = 1 Mark) wieder aufgenommen worden.

Vom Fahrrad zum Motorrad

Bis zur immer vehementer einsetzenden Motorisierung in den 20er Jahren des 20. Jahrhunderts ist das Fahrrad das wichtigste Fortbewegungsmittel im Priental - wobei in den Wintermonaten an Fahrradfahren nicht zu denken ist. Wieder ist es Max Hickl, der moderner Technik aufgeschlossen, schon lange auf ein eigenes Motorrad spart. Am 9. Mai 1925 reicht es für den Kauf eines gebrauchten Motorrades. Er holt das 500 D-Rad aus Kolbermoor. Was ihn an der Maschine stört, ist die anfällige Karbidbeleuchtung. Bei dem Zustand der schlaglochübersäten Landstraßen ist sie dauernd defekt. Schnell verkauft er das Vehikel wieder.

Dazwischen, am 18. und 19.5.1925 absolviert er je eine theoretische und eine praktische „Fahrlehrstunde" und legt am 25. Mai bei Dipl. Ing. Wehrle, der ein gar strenger Prüfer gewesen sein soll, die Fahrprüfung ab. Für die Prüfung zahlt er 15 Mark, der Führerschein kostet 23.30 Mark. Schließlich erwirbt Hickl im Sommer 1925 (11. Juli) bei der Fa. Ludwig Wallner ein

Das „D-Rad" von Max Hickl; auf dem Sozius seine beiden Söhne Theo und Siegfried;
Archiv HGV; Foto Max Hickl

nagelneues D-Rad mit Bosch-Zündlichtmaschine und elektrischer Beleuchtung. Hickl schreibt dazu:

„Mit dieser Motorisierung war eine neue und ungebundenere Zeit angebrochen und es konnten wenigstens in der guten Jahreszeit größere Fahrten ohne „Muskelkraft" unternommen werden".

Im September 1925 wird die schmale Straßenkurve vor dem Schulhaus in Stein etwas begradigt. Mit Pickel und Schaufel packt neben den älteren Schülern auch Schlosskaplan Dr. Alois Röck mit an. Bei den Grabarbeiten kommt schließlich ein Felsen zum Vorschein, der gesprengt werden musste. Bezirks-Baumeister Wimmer rückt mit einem Sprengkommando an und löst dieses große Problem. Die 30 Bohrungen kosteten insgesamt ca.1.500 Mark.

Zum Stand der Technik im oberen Priental hält Hickl folgende Ergebnisse seiner Recherchen fest:

Im Schulbezirk Stein werden im März 1926 insgesamt 86 Fahrräder und ein Motorrad gezählt. 14 von den Fahrrädern kommen aus Innerwald.

Am 1. April 1926 existieren im Gemeindebezirk Sachrang zwei Radiogeräte (Hickl und ein Grenzbeamter), am 20. September 1927 im gesamten Postbezirk Aschau mit Sachrang insgesamt 33 Radiogeräte.

Der erste LKW der Hohenaschauer Schlossbrauerei mit Vollgummireifen in den 1920er Jahren;
Archiv HGV

In Niederaschau gibt es am 1. April 1926 vier Personenautos, davon zwei Mietautos, sowie den Lastwagen der Schlossbrauerei und sechs Motorräder. Am 20.9.1927 sind es schon sechs Personenautos, ein Lastwagen, 12 Motorräder, davon zwei mit Beiwagen.

Am 1. April 1926 wird der Postautoverkehr zwischen Aschau und Sachrang nach der Winterzeit wieder aufgenommen. Am 15. April 1926 erhält das Gasthaus „Wasserfall" ein öffentliches Telefon. Damit sind im Priental jetzt fünf Telefone in Gebrauch: Post Sachrang, Gendarmerie Sachrang, Forsthaus Grattenbach, Schule Stein und Gasthof „Wasserfall".

Am 26. Juni 1926 kommen ca. 60 Erwachsene in der Schule Stein zusammen, um einer Radio-Vorführung durch Vertreter der Bayerischen Rundfunk-Vertriebsgesellschaft München (Herr Scholz und Herr Stiegele) mit „Kraftverstärker" zu lauschen.
Hickl notiert: *„Herrlicher Rundfunkempfang!"*

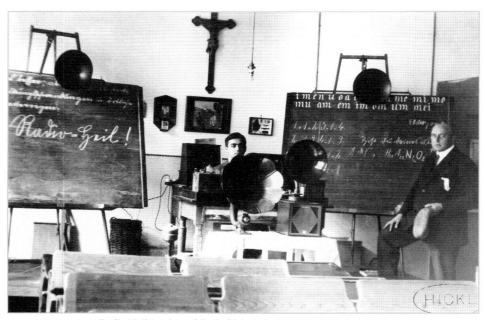

„Radio Heil" steht auf der Tafel im Schulzimmer der Schule Stein.
Eine Münchner Firma führt einen Rundfunkempfänger mit Lautsprechern vor;
Archiv HGV; Foto Max Hickl

Abschied von Stein

Max Hickl ist nun seit 18 Jahren Lehrer an der Schule Stein und feiert am Sonntag, 12. September 1926, sein 25-jähriges Dienstjubiläum. Das Ereignis wird im Gasthaus „Wasserfall" in Hainbach mit großer öffentlicher Anteilnahme gefeiert. Aufgrund seiner Verdienste für das Allgemeinwohl ernennt ihn die Gemeinde Sachrang bei dieser Gelegenheit zum Ehrenbürger.

Wegen des Schulbesuches (Gymnasium) und der Ausbildung seiner beiden Söhne entschließt sich Max Hickl schweren Herzens – denn seine Schule in Stein war ihm inzwischen ans Herz gewachsen - zumindest in die Nähe seiner Heimatstadt Rosenheim versetzen zu lassen.

Am 12. September 1927 wird der Antrag genehmigt. Am 16. Oktober 1927 bekommt er eine Lehrerstelle an der Volksschule in Aising bei Rosenheim.

Im September 1927 übernimmt Lehrer Theodor Hupfauer die Schule Stein. Er lässt sich von Neufang, Kreis Kronach, Oberfranken, hierher versetzen. Seine Frau ist gebürtige Rosenheimerin.

Hupfauer leitet die Schule Stein, mit Kriegsunterbrechung, bis zu seiner Pensionierung 1963. Mit ihm scheidet auch seine Frau Johanna aus dem Schuldienst aus. Sie erteilte ab 1.12.1927 den Handarbeitsunterricht.

Hickels 25-jähriges Dienstjubiläum als Lehrer feiert die Dorfgemeinschaft im Gasthaus Wasserfall in Hainbach am 12. September 1926; Archiv HGV; Foto Max Hickl

Auch die Schüler „seiner" Schule feiern das 25-jährige Dienstjubiläum „ihres" Lehrers
an Ort und Stelle;
Archiv HGV; Foto Max Hickl

Treffen zum 50. Bestehen der Schule Stein, 1958; v. li.: Max Hickl, Dr. Alois Röck, Theodor Hupfauer;
Archiv HGV

Zum gleichen Zeitpunkt werden die Schulen Sachrang und Stein zu einer Schuleinheit zusammengelegt. Die Unterklassen (Jahrgänge 1-4) werden ab da in Stein von Lehrerin Hildegard Robens unterrichtet, die Oberklasse (Jahrgänge 5-8) in Sachrang von Oberlehrer Gernot Hauck, dem neuen Schulleiter der Schule Sachrang-Stein.

Damit geht die Selbständigkeit der Schule Stein zu Ende. Es wird nur noch Teilzeitunterricht erteilt.

Das endgültige Aus für den Schulbetrieb kommt zum Schuljahresende 1969; nach über 60 Jahren hat die „Einödschule" in Stein als dritte Gemeindeschule im Priental ausgedient.

Die Kinderzahlen sinken weiter, die Infrastruktur hat sich verbessert, die Motorisierung nimmt ständig zu – es war absehbar - nicht nur wegen der wiederholten Schulreformen - dass sich schließlich auch die Schule in Sachrang nicht mehr lange halten kann. Schon 1971/72 wird die dortige selbständige Grundschule aufgelöst und der Verbandsschule Aschau i.Ch. angegliedert. Im Jahre 1995 kommt auch die letzte in Sachrang verbliebene Grundschulklasse nach Aschau und die Schule Sachrang ist Geschichte.[18] Das Schulhaus-Gebäude von Stein wird 1970 an privat verkauft und ist seither in Privatbesitz.

Ehemaliges Schulhaus Stein, Ostansicht, 2010;
Archiv HGV; Foto Wolfgang Bude

---

[18] Siehe „Schulwesen in der Herrschaft Hohenaschau und in der Gemeinde Aschau i.Ch.", Hans Hoesch † und Elisabeth Lukas-Götz, Quellenband XVIIII zur Chronik Aschau i.Ch., S. 208 ff., 2002; Hrsg. Gemeinde. Aschau i.Ch.

Nachtrag

Max Hickl in seinem Arbeitszimmer in der Schule Stein;
Archiv HGV; Foto Max Hickl

Über 19 Jahre verrichtete Max Hickl mehr als seinen Dienst an der Einöd-schule in Stein im Priental. Jetzt erwarten ihn neue Aufgaben, die er mit dem ihm eigenen Elan angeht. Die Schule in Aising ist zweiteilig. Allein die Oberstufe umfasst 91 Schüler. Neben seiner Tätigkeit als Schulleiter besorgt er in Aising die Gemeindeschreiberei und versieht den Organis-tendienst. 1945, nach dem II. Weltkrieg, scheidet Hickl aus dem aktiven Schuldienst aus. 1951 baut er in der Breitensteinstraße 1 in Aising ein Haus.

Im „Ruhestand" ist Hauptlehrer Hickl mit Obst- und Gartenbau (Vereins-gründer), Bienenzucht, Gesangsverein und seinem Tonband-Hobby voll ausgelastet. Der rüstige Rentner fährt noch bis zu seinem 85. Lebensjahr mit dem Auto oder seinem Kleinkraftrad vergnügt auf den Straßen und freut sich, wenn er manche darüber den Kopf schütteln sieht. Gewissenhaft

Max Hickl im Alter von 70 Jahren, am 21.06.1953;
Archiv HGV; Nachlass Max Hickl

ordnet er seine vielen Fotos und Aufzeichnungen und pflegte manche Gegenstände aus seiner „Pionierzeit" an der geliebten Einödschule im Priental.

Er stirbt nach einem erfüllten Leben am 11. Mai 1969 im Alter von 87 Jahren; seine treue Gattin Anna nur fünf Monate später, am 29. Oktober 1969.

Sein älterer Sohn Theodor, geboren 1912, der ursprünglich Lehrer „lernt", ist seit 1968 als praktischer Arzt in Aising tätig. Er folgt seinen Eltern bereits am 31. Dezember 1975.

Der jüngere Sohn Siegfried, geboren 1914, war bis zu seiner Pensionierung als leitender Unfallchirurg im Städtischen Krankenhaus Rosenheim beschäftigt. Er stirbt am 30. Oktober 1999. Vor allem ihm und seiner lieben Frau verdankt der Heimat- und Geschichtsverein den umfangreichen Nachlass des „Lehrers von Stein".

Siegfried Hickl,
* 18.04.1914 + 30.10.1999;
Privatbesitz

Max Hickl erhält am 22. Dezember 1959 auch von der Gemeinde Aising die Ehrenbürgerschaft. Die Straße an der dortigen Schule trägt seinen Namen. Weitblickend, ja fast euphorisch schreibt er in einem 1926 veröffentlichten Zeitungsartikel:

„Möge die Zeit nicht mehr ferne sein, da neben Sprache und Musik auch das Bild ebenso gut und schnell drahtlos gesendet werden kann, dann sagen wir mit Fug und Recht, ein neues Paradies, das Wunderland der Elektrizität, sei voll und ganz erschlossen. Der „Fernschauhörer" bringt dann Belehrung, Unterhaltung, musikalische Kunstgenüsse, Tagesneuigkeiten in Wort und Bild aufs Land, in die entlegenste Einöde, notwendige Besorgungen aus der fernen Stadt ermöglicht in „besserer" Zeit das Auto. Die Kluft zwischen Stadt und Land ist restlos überbrückt und das Leben auf dem Land wird wahrhaft beneidenswert sein..."

Kapitel III

Das „Heimatbuch" der Schule Stein

Auf dieses „Heimatbuch", eine Broschüre, ungefähr DIN-A5 groß, gebunden, legt Max Hickl von Beginn seiner Lehrertätigkeit in Stein offensichtlich größten Wert. Der Umfang schwankt im Laufe der Jahre etwa zwischen 70 und 100 Seiten. Jeder seiner Schüler verfasst die wahrscheinlich diktierten Einträge fein säuberlich mit Tinte und Stahlfeder in Schönschrift (Sütterlin[19]). Die Seiten sind angereichert und aufgelockert mit zahlreichen Repros, die aus Hickls Atelier stammen, mit Geldscheinen aus der Inflationszeit, mit Lebensmittelmarken und verschiedenen Skizzen und Zeichnungen. Alle Steiner Schüler dürfen dieses, in sicher oft mühsamer Fleißarbeit entstandene „Schultagebuch", zur Erinnerung an ihre Schulzeit mit nach Hause nehmen.

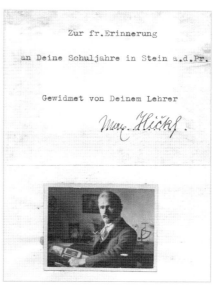

Auf der letzten Seite klebt z.B. im Schultagebuch der Maria Rieder ein mit Maschine geschriebener Text mit Widmung, Portrait und Unterschrift des Lehrers („*Zur fr. Erinnerung an Deine Schuljahre in Stein a.d.Pr. Gewidmet von Deinem Lehrer Max Hickl*").

Widmung im Schultagebuch der Maria Rieder; Archiv HGV; Nachlass Max Hickl

Über ein solches Tagebuch wird der Autor dieser Zeilen auf den Lehrer von Stein aufmerksam. Es stammt vom „Moasta Sepp" (Josef Baumgartner +) aus Innerwald, der als Kind die Schule Stein besucht und Hickl als Lehrer erlebt. Trotz der schlechten Zeit und der damals herrschenden Strenge scheint er ihn bewundert und geschätzt zu haben. Er schwärmt von seiner Schulzeit in der Einöde, von Lehrer Hickl, und allem, was er ihnen in seiner einklassigen Schule seinerzeit alles beigebracht und gelehrt hat.

---

[19] Grafiker Ludwig Sütterlin (1865 – 1917) entwickelte die nach ihm benannte deutsche Schrift, die vor allem in den 1920er Jahren gelehrt wurde (Wikipedia)

Über ihn bekommt der Autor Kontakt zu Siegfried Hickl, dem zweiten Sohn der Lehrersleute aus Stein. Auch er bringt gleich zur ersten Besprechung sein persönliches „Heimatbuch", Fotoalben und jede Menge „Insider-Wissen" mit, aus dem dann im Jahre 1987 die Ausstellung über seinen Vater, „Der Lehrer von Stein", und eine kleine Broschüre entstehen. Weil das, was Hickl seinen Kindern mit auf den Weg gab, so interessant und aufschlussreich ist, sollte sich der Leser ein eigenes Bild davon machen können. Deshalb sind nachfolgend ausgesuchte Beiträge **wortgetreu übertragene Auszüge** aus diesen hochinteressanten Broschüren, die eine Zeit lebendig werden lassen, die längst vergessen scheint - aber aus der man heute noch lernen könnte. Nachfolgende Beispiele sind den „Heimatbüchern der Schule Stein" von 1925 und 26, von Siegfried Hickl, dessen Bruder Theo und dem von Maria Rieder, auszugsweise entnommen und vermitteln die darin enthaltene Authentizität der Geschehnisse.

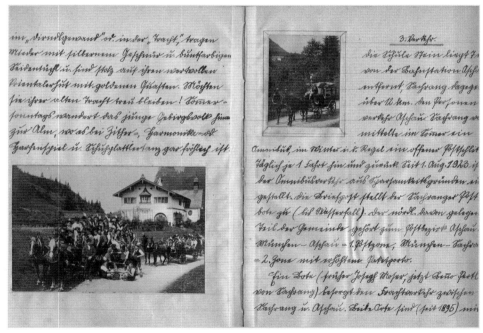

Beispielseite aus dem Schultagebuch von Siegfried Hickl, 1926;
Archiv HGV

Was alte Leute zu erzählen wissen

Am 16. Februar 1923 holt Lehrer Max Hickl die damals 76-jährige Schoßer-Mutter, Anna Feistl, in die Schule nach Stein. Während sie sich mit ihrem Spinnrad beschäftigt, erzählt sie den Schulkindern als Zeitzeugin von ihrem harten entbehrungsreichen Leben im Priental. Hickl diktiert den Schülern nachfolgenden Bericht in ihr Schultagebuch:

Im Jahre 1852 kam sie (*Anna Feistl*) als sechsjähriges Mädchen in Niederaschau zur Schule. Damals besuchten die Kinder wie heute sieben Jahre lang die Werktagsschule, je nach Alter drei oder vier Jahre die Sonntagsschule und zwei Jahre Christenlehre. Zwei Lehrer erteilten den Unterricht (heute sind es vier); zwei Priester (Pfarrer und Cooperator) waren mit der Sorge um das Seelenheil der Pfarrkinder betraut.

Die „Schoßer-Mutter", Anna Feistl, im Eßzimmer der Lehrerwohnung in Stein am Spinnrad, 16.02.1923; Archiv HGV; Foto Max Hickl

Die Schüler schrieben auf Schiefertafeln wie heute noch, auch unzerbrechliche Papptafeln gab es schon. Erst Ende der 1850er Jahre fand die Stahlfeder Eingang in die Schule; vorher schrieb man noch mit der Gänse-Kielfeder, welche der Lehrer mit dem scharfschneidigen Federmesser schnitt.

Brücken hatte man vor 100 Jahren noch keine. Fuhrwerke konnten somit nur verkehren, wenn dies der Wasserstand zuließ. Den Fußgängern dienten bei höherem Wasserstand die vorhandenen schmalen Stege. Ein „Marterl" an der Stelle der jetzigen Neuhäusler-Brücke gab Kunde, dass einst zwei Tiroler aus Söll, als sie vom Besuch des Hl. Grabes in Niederaschau zurückkehrten, hier den Tod fanden. Der eine fiel über den schmalen Steg in die hochgehende Prien, der andere wollte ihn retten und wurde ebenso Opfer des reißenden Wildbaches.

Der Zustand der Straße war in den 1850er Jahren noch sehr schlecht. Es verkehrten hauptsächlich Kohlenfuhrwerke. Die Köhler standen fast ausschließlich im Dienste der Gutsherrschaft für deren Hammerschmiede und Walzwerk sie arbeiteten. Die Kohlenmeister brannten zwei bis drei Wochen ihre Meiler zur Gewinnung von Holzkohle ab. Die Nagelschmiede bezogen die Kohlen vom Köhler oder brannten sie selbst.

Die Fuhrknechte hatten keine Gelegenheit, sich unterwegs Ruhe und Erquickung zu gönnen, denn auf der langen Strecke von Hohenaschau bis Sachrang gab es keine Wirtschaft. Die trinkfesten Nagelschmiede zechten beim „Stadlwirt" in Hohenaschau *(später Burghotel)*.

An Geld hatte man im Jahre 1873 Gulden, Sechser, Groschen, Kreuzer und Pfennig. 3 Pfennig waren ein Kreuzer, 3 Kreuzer = 1 Groschen, 6 Kreuzer = 1 Sechser, 60 Kreuzer = 1 Gulden. Als Längenmaß galten Zoll und Schuh.

An Lawinen in der Größe jener vom 1. Februar 1923 im Klausgraben erinnert sie sich nicht. Ebenso ist ihr in den letzten sieben Jahrzehnten ihres Lebens in unserer Gemeinde keine größere Feuersbrunst bekannt.

Zeitungen las man bei uns nicht; das Tagewerk war mit Arbeit erfüllt; abends fehlt es am strahlenden Licht. Nach Ende der 1860er Jahre aber brannte man in der Küche das Spanlicht, d.h. ca. ¾ m lange Buchspäne, welche mit einem eigenen langen Spanhobel, an dem drei Mann zogen, gefertigt wurden. Zu diesem Zweck konnte man nur eine gewisse Buchenart, die Spanbuche brauchen. Die Nagelschmiede hatten außer dem Feuerschein der Schmiede kein Licht. In der Högermühle war eine Ölstampfe, welche Leinöl für die Stall-Laternen lieferte. Man hatte auch eine Art Kerzenleuchter, welche einen Baumwolldocht enthielten und mit Unschlitt *(minderwertiger Talg)* gefüllt wurden. Es gab auch Kerzen *(aus Bienenwachs)*. Das Erdöl (Petroleum) fand in den 1860er Jahren Eingang.

Da man hier das Einkochen nicht kannte, schenkte man den Beerenschlägen keine Beachtung.

Der Postbote von Aschau stellte in Sachrang die Post zu. Weder in Sachrang noch in Aschau war Gendarmerie stationiert; der Dienstbezirk der Priener Gendarmerie reichte bis zur Landesgrenze.

Die ersten Sommerfrischler dürften in Sachrang Mitte der Neunziger Jahre erschienen sein. Um dieselbe Zeit bürgerte sich allmählich das Fahrrad (Niederrad) bei uns ein. Hochräder gab es in Aschau etliche, im Schulbezirk Stein jedoch nicht. Schifahrer kamen wohl vereinzelt schon zu Beginn des 20. Jahrhunderts auf unsere Berge, die einheimische Jugend bedient sich dieses „Verkehrsmittels" erst seit ca. einem Jahrzehnt.

Modell einer Nagelschmiedewerkstatt im 19. Jhdt. im Prientalmuseum; Hans Huber, Radlkofen; Archiv HGV; Foto Berger, Prien

Feuer und Licht früher und jetzt (*1923*)

Zu (*Anna Feistls*) Großvaters Jugendzeit (vor 70 Jahren) musste noch Feuer geschlagen werden. Dazu benötigte man Feuerstein, Eisen (Stahl) und Zündschwamm (Buchschwamm). In unserer Heimat gab es damals noch keine geschlossenen Herde, sondern nur offene Feuer, wie solche vereinzelt auf etlichen Almen heute noch zu treffen sind. Abends wurde ein Holzklotz auf die Glut gelegt und mit Asche zugedeckt, morgens durch starkes Blasen oder mittels Blasebalg die Glut angefacht. Das Feuer war kostbar. Es wurde also geschlagen, angefacht oder beim Nachbar geholt. In den 1850er Jahren des vergangenen Jahrhunderts fanden bei uns auch Schwefelhölzer und Phosphorzündhölzer Eingang. Als Licht diente der Schein des offenen Feuers oder ein an der Wand befestigter brennender Buchenspan. Es gab auch Kerzen, Raps- und Leinölleuchter, Petroleumlicht (Erdöl) wurde in den 1860er Jahren eingeführt.

Zu Vaters Jugendzeit (vor ca. 40 Jahren):
Die offenen Herde wurden allmählich durch geschlossene ersetzt. Überall hatte man schon praktische Zündhölzer, auch ohne Schwefel. Neben Kerzenlicht gab es in jedem Hause Petroleumlampen (mancherorts auch Spiritusglühlicht). In vielen Städten benutzte man Gaslicht und Gasofen; das elektrische Licht fand in größeren Städten Eingang. Feuerstein, Zündschwamm und Buchspan gehören seither der Vergangenheit an. Fahrräder wurden nachts mit Kerzen- oder Petroleumlampen versehen, vereinzelt auch mit Karbidlampen.

Jetzt sind fast überall praktische Kochherde vorhanden. In Stadt und Land gibt es elektrisches Licht, elektrische Kraft, elektrische Bügeleisen, Kochapparate und vielerorts elektrische Öfen, auch Wärmekissen und dergleichen (nur drei Häuser unserer Gemeinde haben zur Zeit noch kein Licht). In den Städten wird viel mit Gas gekocht, insbesondere im Sommer. Neben billigen Zündhölzern gibt es auch Benzinfeuerzeuge und elektrische Taschenlampen mit Trockenbatterien oder Akkumulatoren. Als Fahrradbeleuchtung dient hauptsächlich die Karbidlampe, sogar elektrische Lichtmaschinen gibt es schon. Kraftfahrzeuge sind fast durchwegs mit elektrischen Blendlampen versehen, die ihren hellen Schein oft mehr als 100 m weit werfen.

Wir leben im Zeitalter der Elektrizität.

So erzählte das Schoßermutterl, welches 18 Sommer auf Tauron (diese Alm ist seit 1921 wieder bezogen, nachdem sie 22 Jahre vorher wegen Absturzgefahr aufgegeben wurde), Dalsen, Oberkaser und Schoßeralm das Almvieh betreute. Diese rüstige Greisin, die heute noch zur Fastenzeit zwei Mal täglich den weiten Weg zur Kirche Niederaschau eilt, ist ein Vorbild für Jung und Alt. Unsere lebfrische Sennerin weiß von den meisten Alten das Geburtsjahr, ein Beweis, dass in einem gesunden Körper auch ein reger Geist wohnt.

Weitere Auszüge aus dem Schultagebuch der Schule Stein

Nun folgen einige weitere ausgewählte Einträge aus dem **Schultagebuch in wortgetreuer Wiedergabe**. Nach der jetzt geltenden Rechtschreibung tauchen darin natürlich ab und an ein paar „Fehler" auf. In den Beiträgen wiederholen sich verschiedene Themen und Angaben, die im I. Kapitel bereits interpretiert sind.

Unsere Schule

Das Schulhaus Stein wurde vom Schloßherrn von Hohenaschau, Freiherrn Theodor von Cramer-Klett im Jahre 1907/08 gebaut und der Gemeinde Sachrang geschenkt.

Am 1. November 1908 wurde das Schulhaus bezogen, am 3. November eröffnet und am 11.11. unter großer Feierlichkeit vom Aschauer Pfarrherrn eingeweiht.

Früher mußten die Kinder von Stockham bis Außerwald den weiten, besonders im Winter beschwerlichen Weg zur Schule Niederaschau (7 km) gehen, die übrigen nach Sachrang. Der Schulbezirk Stein umfaßt die Ortschaften von Außerwald bis Innerwald einschließlich und zählte bei Eröffnung der Schule 32 Werktagsschüler. Die 8 Feiertagsschüler besuchten gastweise sonntags nach der Christenlehre von 10-12 Uhr die Schule in Sachrang bzw. Niederaschau, bis auf Anordnung der kgl. Regierung v. Oberbayern am 1. Mai 1909 in Stein die „Samstagsschule" eingeführt wurde. Der H.H. Schloßkaplan von Hohen-

Schulhaus Stein mit integrierter Antonius-Kapelle, entworfen vom Münchener Architekten Franz Zell („Historismus-Stil"), um 1912, Westansicht; im Hintergrund die Aschentaler Wände, im Vordergrund Garten und Holzlege. Archiv HGV; Foto Max Hickl

Msgr. Dr. Röck beim Religionsunterricht in Stein („Bergpredigt");
Archiv HGV; Foto Max Hickl

aschau liest 2x wöchentlich eine hlg. Messe und gibt Unterricht in Religionslehre u. Bibel. Der Schulbezirk Stein gehört zur weltlichen Gemeinde Sachrang, zu den Kirchengemeinden Niederaschau (Außerwald bis Stockham) und Sachrang (Grattenbach u. Innerwald).

Das Schulhaus hat einen vom Lehrer angelegten großen Obst- und Gemüsegarten u. seit 1912 eine elektr. Lichtanlage, betrieben von der Schulwasserleitung (160 m Gefälle). Die Turbine trieb im Herbst 1923 eine Kreissäge zum Schneiden des Schulholzes.

Im Dez. 1918 erhielt die Schule ein staatl. Telephon (Ruf Aschau bei Prien Nr. 37).

Die gesamten Ausgaben für die Schule Stein bezahlt freiwillig Freiherr Theodor von Cramer-

Holzarbeit hinter dem Schulhaus 1914; Anna Hickl mit
Hausgehilfin Resi Blüml; Archiv HGV; Foto Max Hickl

Weihnachten 1915 bei der Lehrerfamilie im Schulhaus Stein; Archiv HGV; Foto Max Hickl

Klett, so daß der Gemeinde keine Kosten erwachsen. Herr Baron unterhielt bis zum Jahre 1922 im Winter eine Suppenanstalt u. schickt alle Jahre das Christkind mit reichen Gaben.

Ihm sei Lob und Dank!

Leben und Arbeit im Schulbezirk Stein

Der Schulbezirk Stein zählte am 3. Oktober 1919: 216 Einwohner in 37 Wohnhäusern, die ganze Gemeinde Sachrang 466 Bewohner. Die Bewohner des Schulbezirks sind teilweise Landwirte, teils Holzarbeiter oder beides zusammen.

Der Holzknecht bringt im Winter das gewöhnlich im Sommer gefällte Holz auf dem Schlitten zu Tale. Die Holzarbeit ist anstrengend und gefährlich. Manches „Marterl" erinnert an verunglückte Holzknechte.

Holztransport in Grattenbach;
oben: Holzmeister Meyer,
Fahrer: Franz Pertl, Stockham, um 1920;
Archiv HGV; Foto Max Hickl

Handwerk gibt es im Schulbezirk nur wenig: je 1 Wagner (Angerer) 1 Zimmermann (Aicher), 1 Schuster (Ritzer Georg), 1 Maurer (Wörndl), 1 Schäffler (S. Pfaffinger).

Vor dem I. Weltkrieg bestanden vier Wirtschaften:
Schwarzenstein, Wasserfall, Neuhäusl und Riedbichl. Der Besitzer von Neuhäusl fiel im I. Weltkrieg, daher schloss seine Witwe (Maria Mayer, geborene Angerer) die Wirtschaft. In Schwarzenstein ist seit ca. 1920 keine mehr.

Das Forsthaus Grattenbach, im Jahre 1881 vom Vater des jetzigen Schlossherren erbaut, wurde 1912 vergrößert. Der 1. Förster, Josef Schrobenhauser, starb darin am 4.12.1916. Er ruht im Sachranger Friedhof.

R.J.P. Schade um den guten Mann.[20]

Derzeit arbeiten im Schulbezirk zwei Förster und zwei Forstgehilfen (Januar 1914: zwei Förster und drei Forstwarte). Arzt, Hebamme, Metzger, Schlosser, Schmid, Hafner, Glaser, Schreiner und „bessere" = „größere" Kaufleute haben in Aschau ihren Wohnsitz.

Die Säge am Grattenbach, Eigentum des Herrn Baron, jedoch verpachtet an König aus Aschau, beschäftigt tagsüber mehrere Arbeiter. Seit 1918 versorgt ein Dynamo die Säge und das Forsthaus mit elektrischem Licht. Vielleicht ist die Zeit nicht mehr ferne, wo ein 50-100 pferdestarkes neuzeitliches Werk am Grattenbach die Säge und das ganze Priental mit Licht und Kraft versorgt! Es werde Licht in unserem lichtarmen Tal!

Unterhalb der Säge war bis 1902 eine kleine Mühle in Betrieb (letzter Müller: Josef Thaller). Zahlreiche Kohlstätten im Tal und auf den Höhen erinnern an die Zeit, da der rußige Köhler in seinem Meiler den Holzreichtum unserer Wälder in Kohle verwandelte.

Säge in Grattenbach und Gasthaus Riedbichl (re. oben), um 1920; Archiv HGV; Foto Max Hickl

---

[20] Schrobenhauser und seine Frau wurden später auf den Niederaschauer Friedhof umgebettet.

Nagelschmiede, wovon es bei uns viele gab, bis die Fabriken die Nägel besser und billiger herstellten, waren eifrige Kunden des Köhlers, ebenso das Hammer- und Walzwerk in Hohenaschau (bis 1879). Der letzte Kohlenmeiler wurde 1898 am Klausgraben gebrannt.

Nagelschmiede waren bei:

Angerer (Ober), Haus Nr. 20, Hell, Haus Nr. 23, Hauser, Haus Nr.24, Speckbacher, Haus Nr. 18. Die Nagelschmiede beschäftigen viele Gesellen. Letztere gossen viel Bier „hinter die Binde", sie waren lockere Gesellen und mancher war bei den Wirten stark „angekreidet"(verschuldet). Der Meister kaufte ihn los und machte ihn sich dadurch dienstbar. Das Tagewerk der Nagelschmiede begann morgens 1 Uhr (Ende der 1860er Jahre um 2 Uhr); ½ 5 – 5 Uhr: Rast; ½ 7 Uhr: für 1 Pfennig Suppe vom Meister; 9 Uhr: ¼ Stunde Rast. 11 - 12 Uhr: Mittagspause; 2 Uhr: Rast, 4 Uhr: Ende. Die Gesellen verrichteten ihre Arbeit im Akkord und erhielten für ein Fass Nägel (z.B. 6000er) 1 bayerischen Taler = 2 Gulden 24 Kreuzer, wozu sie ca. ½ Woche brauchten.

So erzählte Nachbar Georg Angerer, der als Bursche noch in der Nagelschmiede seines Vaters tätig war. Dieser baute anno 1866 seine alte Schmiede neu auf; 2 Jahre darauf nahm aber die Arbeit des Nagelschmiedes ein Ende. Die Amerikaner, so erzählte mir Georg Angerer, stellten in ihren Fabriken die Drahtstifte schöner und billiger her. Auch bei uns in Deutschland begann man, Nagelstift-Fabriken zu bauen; der Handarbeiter unterlag im Konkurrenzkampf. Angerer beschäftigte 5 Gesellen. Soweit diese ansässige Gütler waren, nahm die Tagesarbeit um 4 Uhr noch kein Ende, es gab im eigenen Heim zu tun.

Vor langer Zeit (die ältesten Bewohner wissen es bloß vom „Hörensagen") soll am Klausgraben eine Hammerschmiede gewesen sein, welche ein Hochwasser fortriss. Sie gehörte dem Besitzer von Haus Nr. 39, in dem eine Bäckerei war; daher „Hammerbäck" (nunmehr Ritzer).

Die Gebirgler tragen eine schmucke Kleidung. Der „Kurzhösler" hat kurze Lederhosen, graue Lodenjoppe mit grünem Kragen und Hirschhornknöpfen, grünen Hut mit Feder oder Gamsbart, gestickte Hosenträger, Wadenstrümpfe und genagelte Schuhe.

Die Mädchen gehen sonntags im „Dirndlgewand" oder in der „Tracht"; tragen Mieder mit silbernem Geschnür und buntfarbenem Seidentüchl. Sie sind stolz auf ihren wertvollen Prientalerhut mit „goldenen Quasten". Möchten sie ihrer schönen alten Tracht treu bleiben. Sonntags wandert das

„Kurzhosler" (Gasthof Wasserfall) beim Plattln und Fingerhackln um 1922;
Archiv HGV; Foto Max Hickl

Frau Stemmer in ihrer Sonntagstracht
im Schulhaus Stein, 1918;
Archiv HGV; Foto Max Hickl

Aigner Georg von Stockham
in seiner Tracht 1918;
Archiv HG; Foto Max Hickl

junge Gebirgsvolk hinauf zur Alm, wo es bei Harfen, Harmonika- oder Zitherspiel und Schuhplattlertanz gar fröhlich ist.

Eines Sachranger Zimmermannes sei gedacht, der als Harfenspieler wie Rodel-, Schi- und Harfenfabrikant über die Grenzen der Heimat bekannt ist (Josef Leitner).

Zimmerermeister Josef Leitner aus Sachrang, der auch Schi, Schlitten und Harfen baute;
Archiv HGV; Foto Max Hickl

Ausflug der „Kurzhosler" nach Wildbichl um 1920; Archiv HGV; Foto Max Hickl

(Zusatzeintrag vom Juli 1920)

In letzter Zeit fahren sonntags von Aschau, Frasdorf, Bernau und noch weiter her Wagen voll „halbgewachsener Buben und Dirndl" nach Wildbichl, wo sie das „Gewonnene" in Wein „zerrinnen" lassen und in einem Zustande heimkehren, der jeder Beschreibung spottet! Ist das die Not der Zeit? Hat Jugend gar keine Tugend?

Verkehr und Sport

Die Schule Stein liegt 7 km von der Bahnstation Aschau/Ch. entfernt, Sachrang dagegen über 12 km. Den Personenverkehr von Sachrang nach Aschau vermittelt im Sommer ein Omnibus, im Winter in der Regel ein offener Postschlitten. Täglich je eine Fahrt nach Aschau (vormittags) und eine Fahrt zurück (nachmittags). Der Omnibusverkehr ist am 1.8.1923 eingestellt worden (zu teuer).

Die Briefpost (der Lehrer von Stein hält eine Posttasche Aschau – Stein, welche täglich der Postillion abgibt (Briefe, Zeitungen; Gebühr monatlich vor dem Kriege 50 Pfennig, 1919 3,- Mark, 1920 5,- Mark) stellt der Sachranger Postbote zu (bis Gasthof Wasserfall); der nördlich davon gelegene Teil der Gemeinde gehört zum Postbezirk Aschau. Von München bis Aschau ist eine Postzone. München – Sachrang = 2. Zone mit erhöhtem Paketporto. Ein Bote (Moser von Sachrang) besorgt zweimal wöchentlich den Frachtverkehr zwischen Sachrang und Aschau und bringt von Aschau u.a. das Fleisch herein. Beide Orte sind seit 1895 mit Telephon verbunden. Telephonanschluß hat das Forstamt Grattenbach und die Schule Stein.

Im Sommer werden Aschau und Sachrang gerne von Fremden besucht. Fast jedes Fremdenbett ist vermietet. Schi- und Rodelsport führen seit ca. 1910 auch im Winter viele Städter auf unsere Berge (Geigelstein, Spitzstein, Hochries und Kampenwand). Der Geigelstein bietet besonders im Herbste herrliche Fernsicht. An reinen Tagen ist sogar vom Schachen aus der Böhmerwald sichtbar.

Postkraftfahrer Köppel 1926 mit seinem Postauto vor der Schule Stein; Archiv HGV; Foto Max Hickl

Pflanzen- und Tierwelt

Die Waldwirtschaft ernährt den größten Teil der Bevölkerung. Getreide wird nur sehr wenig angebaut (Gerste und Haber). „Haar" (Flachs oder Lein) in geringen Mengen. Die Schafzucht (siehe Viehzählungsergebnisse) nahm besonders die letzten Jahre stark zu. Nach der Schafschur wird fleißig das Spinnrad gedreht.

Die ständigen Winde und der überreiche Regen beeinträchtigen die Bienenzucht bedeutend. In Trockenjahren jedoch lohnt reicher Honigsegen die Arbeit des Imkers, denn nur bei „Flugwetter" ist's den eifrigen Immlein möglich, der reichen Alpenflora süßen Nektar und wertvollen Blütenstaub zu entnehmen. Die Erträgnisse im Obstbau sind selten zufriedenstellend. Orkanartige Stürme und späte Nachwinter (Anf. Mai!) vernichten nicht selten die

Nachbarin Maria Bauer beim Kühe hüten, um 1920; Archiv HGV, Foto Max Hickl

Hoffnung auf gute Ernte. Buschbäume und Halbhochstämme sind wegen der tiefen Schneelage und den damit verbundenen Schädigungen ungeeignet. Hochstämme und im Winter gegen Schädlinge geschützte Wandspaliere sind die geeigneten Formen. An Wandbäumen lassen sich sogar erfreuliche Erfolge erzielen.

Gute Ernten versprechen Johannisbeer-, Stachelbeer- und Erdbeerpflanzungen. Jedoch hinkt bei uns die Natur weit hinter dem Flachlande nach. Wenn z.B. in Rosenheim die Beerenstauden längst abgeerntet sind, beginnt in unserm sonnenarmen Tale allmählich die Ernte. Auch im Gemüsebau macht sich das rauhe Klima unliebsam bemerkbar. Freilandgurken gedeihen nur in Trockenjahren. „Frühbeete" (mit Glasfenstern) sollten daher in keinem Garten fehlen.

Die Bergweiden mit ihren saftigen Grase und den würzigen Alpenkräutlein zeigen im Sommer reiches Leben, während in schneereichen Wintern manche Hütte tief unter der Schneedecke verborgen liegt. Im Juni treibt der Almbauer den größten Teil seines Viehbestandes auf die Alm; auch fremdes Vieh nimmt er dort in Pflege. Ziege und Schafe tun sich gütlich auf den saftigen Bergweiden. Das enge Tal könnte den vorhandenen Viehbestand nicht ernähren. Nur die zum Haushalt notwendigen Milchkühe behält der Bauer im Tal. Daher herrscht dort im Sommer des öfteren Milch-

Auf der Schachenalm; Sennerin Anna Baumüller, Franz Galiz und Siegfried Hickl um 1918;
Archiv HGV; Foto Max Hickl

not. (Ich bezog während des Krieges zweimal längere Zeit die Milch von der freiherrlichen Ökonomie. Seit einem Jahr ist mein ständiger Milchlieferant Georg Wiesbeck, also ½ Stunde entfernt. Oft mussten wir die Milch, einige Liter am Tage, von mehreren Kleinhäuslern zusammenbetteln. Der neue Nachbar, Martin Bauer, liefert seit Oktober 1922 bis Frühjahr 1923 täglich zwei Liter Milch.)

Manche Almen besitzen noch keinen neuzeitlichen Herd, sondern ein offenes Feuer auf Steinsockel. Der „Vorkaser", wie man diesen Wohn- und Kochraum nennt, ist dann rauchig und schwarz von Ruß. Im Haag (Stall) herrscht oft peinliche Reinlichkeit. Blitzblank geputzt wird das Michgeschirr. Ordnung herrscht überall. Unreinlichkeit ist eine seltene Ausnahme.

Der Wanderer kehrt gerne bei der Sennerin (oder beim Senn oder Schweizer) zu und labt sich an Milch und Butter. Herrlich ist's auf der Alm an schönen Sommertagen, aber kalt und unfreundlich bei Regenwetter. Große Trockenheit (dies ist selten), öfter aber ein Kälteeinbruch im Sommer, macht die Almwirtschaft ungemütlich. Im September, spätestens Michaeli,

In einer Holzknechthütte im Jahr 1915;
Archiv HGV; Foto Max Hickl

„Laninger"-Familie (Familie Bauer, Nachbarn der Schule Stein) bei den Marterln bei Schwarzenstein, an denen damals die Straße vorbei führt; Archiv HGV; Foto Max Hickl

zieht die Sennerin mit ihrem Vieh wieder hinab ins Tal. Sie schmückt ihre Lieblinge mit Kränzen und bunten Bändern. Die Leitkühe tragen am Halse große Glocken. Gar lieblich klingt das harmonische Geläut der wandernden Herde. Den Zug beschließt der Bauer mit seinem Karren, auf dem Hausrat verpackt ist.

Almabtrieb vor der Schule Stein um 1922; Archiv HGV; Foto Max Hickl

Unsere Bergwaldschläge liefern fast jedes Jahr eine reiche Beerenernte (Erdbeeren, Himbeeren, Heidel-, Preisel- und Brombeeren, letztere besonders in Tirol). Durch Sammeln und Verkauf der Beeren konnte der Bevölkerung eine reiche Einnahmequelle erschlossen werden. Sollte wieder die Zeit kommen, da für Beerenweinbereitung Zucker erhältlich ist, dürfte hier eine genossenschaftliche Beerenweinkelterei fruchtbaren Boden finden.

An essbaren Pilzen findet man bei uns Steinpilz, Kapuziner-, Semmel-, Stoppel-, Habichts-, Sand- und Korallenpilz, Ringröhrling, Fichtenreizker mit seiner ziegelroten Milch, den Eierschwamm (Rehling); im Frühjahr stellenweise auch Morcheln. Von den Giftpilzen sind u.a. zu nennen; der Fliegenpilz und der gefährlichste aller Pilze: der Knollenblätterpilz.

Zahlreiche Alpenpflanzen sind vertreten: Alpenrose, Almrausch, Arnika, Enzian, Braunelle, Alpenglöckchen, Frauenschuh, Mehlprimel.

Unsere Heimat ist auch reich an Heilkräutern. So finden wir Arnika, Augentrost, Berberitze gelb, Enzian, Hagebutte, Heidelbeere, Holunder, Huflattich, Isländisches Moos (Wandberg), Kümmel, Löwenzahn, Lungenkraut, Pfefferminze, Schafgarbe, Schlüsselblume, Spitzwegerich, Stiefmütterchen, Thymian, Wacholder, Waldmeister, Wollblume (Königskerze), Zwergholunder (Attich).

Aus der Tierwelt sind zu nennen: Hirsch, Gemse, Murmeltier, auch Mankei genannt (am Geigelstein eingesetzt), der lüsterne Fuchs, Marder.

Im Winter werden Hirsche und Rehe an mehreren Stellen mit Heu, Rüben, Eicheln und Kastanien gefüttert. Die Wildfütterung lockt viele Naturfreunde zum Futterstadel nach Grattenbach.
In der Prien und in manchen Zuflüssen lebt die scheue Forelle. Wenn die Prien stellenweise austrocknet sammeln sich dieselben in Gumpen.

Wildfütterung in Grattenbach;
Archiv HGV; Foto Max Hickl

Vom I. Weltkrieg

(August 1914 – November 1918)
Der Weltkrieg brachte auch uns Sachrangern große Not und bitteres Leid! Von 87 Frontsoldaten kehrten 15 nicht mehr zurück. Sie ruhen in Heldengräbern feindlicher Länder.
Fast alle wehrfähigen Männer und Jünglinge vom 18. Lebensjahre an, wurden einberufen. In der Kirche sah man nur noch Kinder, Greise und Frauen. In Garnisonen dienten 15 Soldaten, einer davon starb im Lazarett (Aigner Donat). In Gefangenschaft gerieten sechs Krieger; sie kamen alle zurück, der letzte im Jahre 1920.

Unsere Grenzwache wurde zeitweise militärisch verstärkt; sechs bis acht ge-

Max Hickl fotografierte viele Sachranger,
die in den Krieg zogen bzw. zurückkehrten.
„Krieger" Hagendobler, 1918;
Archiv HGV; Foto Max Hickl

fangene Russen waren bei Sachranger Bauern untergebracht, wo
sie bei bester Behandlung land-
wirtschaftliche Arbeiten verrichteten. Starker Kanonendonner vom
südlichen Kriegsschauplatz drang
zeitweise bis in unsere Heimat.
Deutsche und österreichische Flie-
ger, wie auch etliche Luftschiffe
wurden über unserem Tal gesich-
tet.

Der Hunger war nicht nur in den
Städten täglicher Gast, sondern
auch bei den Nichtlandwirten in
unserem Tal. Die Zwangsabliefe-
rungen brachten Härten, die Lebensmittel wurden rationiert. Es
gab: Fleisch-, Milch-, Fett-, Eier-,
Mehl-, Brot- und Zuckerkarten.
Seife war sehr rar und schlecht (K-

Die beiden Niederaschauer Soldaten (1914-17)
Georg Kramer (li.) und Ernst Stephan;
Archiv HGV; Foto Max Hickl

Kriegsgefangene Russen 1916 in Sachrang;
Archiv HGV; Foto Max Hickl

Seife = Kriegsseife), Petroleum nur selten und in geringen Mengen erhältlich. Schuhe, Kleider und Wäsche konnten nur mittels Ausweis erworben werden. Die Kommunalverbände (Rosenheim-Land) und Gemeindebehörden waren vollauf beschäftigt.

Der „Schleichhandel" stand in großer Blüte; „Hamsterfahrten" mit dem Rucksack zählten zu den notwendigsten Reisen. Gewerbsmäßige Schieber und Hamsterer kauften Waren um jeden Preis und waren mit Schuld an der schrecklichen Teuerung und Not! Hartgeld (Münzen) verschwand aus dem Verkehr, Papiergeld trat an dessen Stelle; viele Städte und Bezirke stellten Notgeld aus Papier und Eisen her. Eisenmünzen zu 5, 10 und 50 Pfennig, sowie Pfennige aus Aluminium sollten die Kleingeldnot beheben.

Vaterländisch gesinnte Bürger lieferten ihr Gold- und Silbergeld den Banken und Kriegskassen ab. Wer Gold und Silber zurück behielt, machte nach dem Krieg das beste Geschäft, denn für ein Zwanzigmarkstück wurden im Frühjahr 1920 300-1.000 Mark bezahlt. Kupfer-, Messing- und Zinngegenstände mussten für Zwecke des Heeresbedarfes abgeliefert werden, auch Kirchenglocken.

Viele Fabriken stellten Ersatzlebensmittel, Ersatzstoffe, etc. her, z.B. Kaffee-Ersatz, deutschen Tee, K-Seife, Papierstoffe, Holzsohlen, Holz-, Papier- und Spiralfederreifen anstelle der Gummi-Fahrradbereifung.

Die Einführung der Sommerzeit, wobei die Uhr in den Sommermonaten eine Stunde vorgestellt wurde, erfreute sich auf dem Lande keiner großen Beliebtheit. Der Eisen-

Ein Beispiel der vielfältigen Lebensmittelmarken; Fett- und Eierkarte des Kommunalverbandes Rosenheim; Archiv HGV; Nachlass Max Hickl

Inflationsgeld von 1923; 200 Milliarden und 500 Milliarden-Geldscheine; Archiv HGV; Nachlass Max Hickl

5-Pfennig-Notgeldschein der Stadt Rosenheim; Archiv HGV; Nachlass Max Hickl

bahnverkehr wurde besonders nach dem Kriege infolge der Kohlennot (Streik in den Bergwerken) stark eingeschränkt und zeitweise ganz eingestellt.

Die Revolution brachte blutige Aufstände besonders in den Städten (auch in Rosenheim). Diebe, Plünderer, Räuber und Mörder machten gute Geschäfte. In München wurden von den Revolutionären am 30.4.1919 „10 Geiseln" aus den oberen Gesellschaftskreisen erschossen. Reichstruppen und Bauern befreiten Rosenheim und München – in unserem Tale jedoch herrschte Ruhe!

Von der schrecklichen Teuerung, die besonders erst nach der Revolution einsetzte, erzählen Beispiele aus der Preistafel.

Ein Pfund Butter kostet vor dem I. Weltkrieg 0,80-1,00 Mark, 1919 5 Mark, („Schieberpreis" 1918/19 15-30 Mark), 1920 10 Mark, am 01.12.1921 24 Mark, am 01.04.1922 30-40 Mark, am 01.01.1923 1350 Mark; nach der Abwertung am 01.01.1925 1,80-2,00 Mark

Die Schüler erstellen eine „Preistafel" anhand von 33 verschiedenen Lebensmitteln und Gebrauchsgegenständen von 1919 -1925[21];
Archiv HGV; Nachlass Max Hickl

---

[21] Vollständige Preistafel siehe Anhang 12, Seiten 138/139!

Aber auch Beispiele christlicher Nächstenliebe seien lobend erwähnt: die Schlossherrschaft Hohenaschau gründete im September 1914 ein bestens eingerichtetes Lazarett, das unzähligen, verwundeten Kriegern bei aufmerksamster und liebevollster Pflege Heilung brachte; auch viele Kriegsverwundete unserer Gemeinde fanden dort freundliche Aufnahme. Einheimische und Berufsschwestern wetteiferten in der Sorge um das Wohl der verwundeten Helden, allen voran aber stand als leuchtendes Beispiel im Dienste der Krankenpflege unsere Schlossherrin Freifrau Anni von Cramer-Klett. König Ludwig III. von Bayern und Königin Therese besuchten mehrmals von Wildenwart aus das Aschauer Lazarett, es bestand bis Mai 1921[22].

In unserer Gemeinde trat ein Wohlfahrtsausschuss ins Leben, der den Frauen der Krieger monatliche Zuschüsse vermittelte und viel Not linderte. Auch hier trug unser Schlossherr die Hauptlast. Möchte es nicht unbescheiden gelten, wenn ich als Chronist auch eines Wohlfahrtsunternehmens Erwähnung tue: um den späteren Geschlechtern dahier den Teil des Kriegserlebnisses, wie es sich im Aschauer Kriegslazarett entwickelte, im Bilde zu erhalten, aber auch um der edelmütigen Schlossherrschaft ein bleibendes Gedenken zu sichern, fertigte ich im Aschauer Lazarett eine

Der 1913 gegründete Aschauer kath. Frauenbund unterstützte u.a.
durch Näharbeiten Soldaten und Bedürftige tatkräftig; Foto um 1916;
Archiv HGV; Foto Max Hickl

---

[22] Fotos zum Hohenaschauer Lazarett siehe Anhang!

Reihe fotografischer Aufnahmen, die den Verwundeten z.T. unentgeltlich oder gegen geringen Betrag übermittelt wurden, z.T. aber auf Verlangen in Aschauer Geschäften (Kaufmann Obermeier, Niederaschau und Bäckerei Schwaiger, Hohenaschau) käuflich waren. Über 25.000 Stück photographischer Bromsilberkarten fertigte ich in der Zeit von September 1914 bis zu meiner Einberufung im September 1917. Für heimatliche und allgemeine Kriegsfürsorge flossen aus meinem von der Regierung von Oberbayern genehmigten Wohlfahrtsunternehmen nahezu 1.500 Mark.

Die Kriegerfrauen erhielten von mir monatlich einen Gutschein über 5.- bis 20,- Mark ausgestellt, den sie bei den Verkäufern gegen Waren umtauschten. Eines möchte zu erwähnen gestattet sein, dass die gesamten Reineinnahmen der Kriegsfürsorge zuflossen! (Abzug nur Materialkosten).

Die Vereinigung der Sachranger Soldatenfreunde, welche ich Ostern 1915 nach dem Vorbilde der Aschauer gründete, zählte 40 Mitglieder. Liebespakete im Werte von 3.921 Mark wurden an die Krieger unserer Gemeinde ins Feld gesandt. Die Arbeit des Verpackens und Versendens übernahmen die Aschauer Soldatenfreunde. Ihnen sei gedankt! Der Sachranger Postbote Paul Stettner versah die Stelle des Einkassierers beim Sachranger Bund der Soldatenfreunde.

Kriegskochkurs des Roten Kreuzes im Gasthof Wasserfall, 1. und 2. August 1916; Archiv HGV; Foto Max Hickl

Manche Familien nahmen hungernde Münchner Kinder in Kost und Pflege. Für „uneigennützige" Arbeit auf dem Gebiete der Kriegshilfe wurde vier Angehörigen der Gemeinde des König-Ludwig-Kreuz verliehen.

In Hainbach und Sachrang fand je ein Kriegskoch- und Schuhkurs statt. Geld- und Materialsammlungen für Kriegszwecke brachten gute Ergebnisse. Es wurden gesammelt: Papier, Leinwand, Metall, Bucheckern, Brennessel, etc. Für das Lazarett Hohenaschau lieferten Frauen und Kinder unentgeltlich Himbeeren. Die Verarbeitung übernahm meine Frau. Den Zucker stiftete ich aus den Erträgen meiner Photo-Wohlfahrtskasse. Im Herbst 1914/15 brachte eine Obstsammlung gute Ergebnisse: etliche Zentner Äpfel verarbeiteten meine Frau, unser Dienstmädchen und ich zu Apfelgelee und Apfelmus.

Wir entliehen behufs (= wegen) rationeller Ausbeute die große Passiermaschine des Schlosses. Wir benötigten nahezu 1 Zentner Zucker. Den Soldaten des Aschauer Lazaretts wurden die Fertigprodukte gestiftet.

Die Sachranger Kirche musste für Heereszwecke eine Glocke abgeben, ebenso die Ölbergkapelle. Aus den Orgeln wurden Zinnpfeifen ausgebaut und durch hölzerne ersetzt.

Ungeheure Werte verschlang der Krieg. Kupfergeschirr (Messing) verfiel der Beschlagnahme, kupferne Herdeinfassungen, Türschilder etc.

Sachranger „Glockenabschied" vor der Pfarrkirche St. Michael im Jahre 1916;
Archiv HGV; Foto Max Hickl

Zwei ehemalige Schüler der Schule Stein wurden im Kriege mit höchsten Auszeichnungen geziert: Georg Aigner von Innerwald mit der österreichischen, goldenen Tapferkeitsmedaille, Theodor Meggendorfer, Förstersohn von Innerwald, mit dem Eisernen Kreuz 1. Klasse. Die Kriegsheimkehrfeier war am 2.2.1919 im Gasthaus zur Post in Sachrang. Die Krieger und Garnison-Soldaten wurden reichlich bewirtet. Die Gefangenenheimkehrfeier war am 24.5.1920.

Zur Sicherung gegen Raub und Umsturz wurden 1919/20 im ganzen Lande Einwohnerwehren gegründet. (Sachrang ca. 30 Mann, jeder ein Gewehr). Die Not ist groß! Herr rette uns! (Sept. 1920).

Nachtrag im Dezember 1924

Ende des Jahres 1924 schreibt Max Hickl unter den Eindrücken von Krieg und Nachkriegszeit folgenden Nachtrag ins Schultagebuch:

Der schrecklichste aller Kriege ging im Nov. 1918 zu Ende, das Volk atmete von furchtbar schwerem Drucke befreit erlöst auf; denn Trommelfeuer waren verstummt, Gasangriffe mit ihren verheerenden Wirkungen eingestellt, Menschenschlachten und –Verstümmeln waren beendet, unsere tapferen Krieger wieder daheim bei ihren Lieben; das Volk hoffte nach jahrelanger Berechtigung auf den Eintritt einer besseren Zeit – den heldenhaften Kriegern und Verwundeten war der Dank des Vaterlandes in Aussicht gestellt – aber statt all dem folgte für den Großteil des werktätigen Volkes eine mehrjährige Zeit der Not, die himmelschreiend in ihrer Wirkung war! Veranlaßt durch den unversöhnlichen Haß unserer Gegner, besonders der Franzosen, unterstützt von gewissenlosen internationalen und deutschen Wucherern, Preistreibern, Börsenspekulanten und anderen gefühl-, ehr- und vaterlandslosem Gesindel, wurde die „Papier“-Mark in unverantwortlicher Weise entwertet. (Siehe Tabelle Markentwertung!) Dieser kleine Teil des Volkes aber lebte in Saus und Braus, während die oft in jahrzehntelangem Mühen und Entbehren erworbenen Vermögen der deutschen Kleinrentner durch das Treiben dieser Hyänen zerflossen.

Verarmung und unsagbare Not zogen ein – Hunger, Kälte und Verzweiflung waren die Gespenster, welche viele Volksgenossen, insbes. alte Leute ohne Verdienstmöglichkeit, dem Tod überlieferten. Tausende verhungerten, hunderttausende von Kindern erkrankten oder starben an Unterernährung. Viele früher vermögende Leute konnten sich nicht einmal mehr das tägl. Brot vom Bäcker kaufen.

(Artikelschreiber konnte im Oktober 1923 zweimal mit seinem ganzen Pack Papiergeld dem Bäcker nicht das tägliche Brot bezahlen. Im Sept. u.

Genehmigung zur Beschaffung von ein Paar Schuhsohlen; Antragsteller: Josef Atzberger, Pfarrer von Sachrang, Michael Forster, Lehrer in Sachrang, Max Limmer, Aushilfslehrer in Stein und Max Hickl; 19.01.1918; Archiv HGV; Nachlass Max Hickl

Okt. 1920 fuhr ich 5x nach Rosenheim und hatte nie so viel Geld, um 1 Paar Stoffwickelgamaschen zu kaufen!).

Der Wochenlohn der Arbeiter hatte am Zahltag kaum mehr die Kaufkraft für 1 Pfund Butter; der Gehalt der Beamten sank durch die schwunghafte Markentwertung (Inflation) auf ein Nichts herab. Zahllose Familien (ins-bes. in den Städten) konnten für ihre Verstorbenen keine Holzsärge mehr beschaffen; diese Toten wurden in Leihsärgen beerdigt; sogar Gips- u. Pappesärge fanden Eingang. Bitterste Not fast überall!
Die Papiergelddruckereien hatten vollauf zu tun! Den Papiertausendern folgten rasch die Millionen-, dann Milliarden- u. zuletzt die Billionen-scheine. Den Höhepunkt erreichte die Papiergeldmißwirtschaft mit den 100-Billionenscheinen; insgesamt waren zirka 500-800 Trillionen Mark Pa-piergeld in Umlauf. Wir wurden zu darbenden Millionären.

Mitte November 1923 sollte endlich diesem Treiben ein Ende gemacht werden durch Einführung der martkbeständigen „Rentenmark". 1 Million Papiermark = 1 Rentenmark (letztere allerdings auch aus Papier!). 1 Renten-Kupfer-Pfennig, dem früheren Kupferpfennig gleich gestellt, gilt demnach 10 Milliarden Papiermark.

Inflationsgeld von 1923; 10 Millionen-Mark-Schein; Archiv HGV; Nachlass Max Hickl

Im Verlaufe des Jahres 1924 wurden auch wieder Münzen geprägt u. in Verkehr gebracht; es gibt nunmehr Münzen zu 1, 2, 5, 10 und 50 Rentenpfennig, seit Ende des Jahres 1924 auch Silbergeld zu 1 und 3 Mark mit wenig Silbergehalt. (Derzeit (Februar 1926) ist neben den vorhin genannten Rentenpfennigmünzen besonderes Silbergeld zu 1, 2 und 3 Rentenmark in Umlauf). Seit Einführung der Rentenmark sind die Preise der Waren ziemlich gleichbleibend, allerdings etwas höher als die Vorkriegspreise. Das Jahr 1925 brachte infolge schlechter Wirtschaftslage u. des großen Steuerdruckes (Zahlung an die ehem. Feinde!) viele Arbeiterentlassungen.

„Herr, lass nun auch den Guten deine Sonne scheinen, laß den durch die Inflation und Aufwertungsgesetz um ihr Vermögen betrogenen Volksgenossen Gerechtigkeit widerfahren und gib den christlichen Völkern u. ihren Führern friedfertigen Sinn, auf daß endlich werde – Friede den Menschen auf Erden! „ (26.01.1925)

Kapitel IV

Schultagebuch von 1907-1926

Wörtlich übertragen aus dem „Heimatbuch der Schule Stein", diktiert von Lehrer Max Hickl, aufgeschrieben von seinen Schülerinnen und Schülern

1504	die Pfälzer besetzten den Sachranger Wald
1704	fand bei Sachrang ein Gefecht statt
7.2.1706	im Söllhuber Wald der letzte Wolf erlegt
1803	öffentliche Versteigerung der Chiemsee-Klöster (Säkularisation)
1809	Gefecht bei Sachrang (Tiroler Aufstand)
7.10.1848	Aufhebung des Herrschaftsgerichtes Preysing und Errichtung der Gerichts- und Polizeibehörde Prien
1860	Eröffnung der Bahnlinie München – Salzburg
7.10.1875	Erwerbung des Schlossgutes Hohenaschau durch den Vater unseres Schlossherrn, Dr. Freiherrn Theodor von Cramer-Klett
18.8.1878	Eröffnung der Bahnlinie Prien – Aschau
1879	Hammer- und Walzwerk Hohenaschau stillgelegt
1881	Straßen- und Felddurchbruch am Ofen
Sept. 99	großes Hochwasser, die Prien riss bei Innerwald ein Stück der Straße weg
1904	die Pfarrkirche Niederaschau erhält einen zweiten Turm
1904 – 1908	Schloss Hohenaschau vergrößert und wohnlich eingerichtet (elektrische Bergbahn gebaut)
2.1907	größte Schneehöhe im Tal (189 cm am Forsthaus)
1907	Bergrutsch bei Peter Wagner, Haus Nr. 16
7.1907	Beginn des Schulhausbaues in Stein, fertig gestellt im September 1908
31.10.1908	der 1. Lehrer Max Hickl in Stein eingetroffen
3.11.1908	erster Schultag in Stein
11.11.1908	Einweihung der Schule Stein durch den Aschauer Pfarrherrn H.H. Adolar Arsan. Große Feierlichkeit – Beteiligung

der gesamten Einwohnerschaft und des Gründers der Schule, Freiherrn Theodor von Cramer-Klett, sowie des Architekten Zell aus München. Nach der kirchlichen Feier Ansprache im Schulzimmer.

Febr. 1910	wegen Masernerkrankung die Schule geschlossen
1910/1911	Schulhausneubau in Sachrang
1.12.1910	in der Schulkapelle Stein Hochzeit unseres Herrn Lehrer. Schulhaus und Kapelle herrlich geschmückt
22.12.1911	im Schulsaal die 4. Christbescherung mit Weihnachtsspiel. Alle Kinder wurden ebenso reichlich beschenkt, wie in den 3 Vorjahren. Es gab Wolle, Hemdenstoffe, Hosenträger, Halstücher, Taschentücher, Seife, Griffel, Lebkuchen und andere Süßigkeiten, sowie Spielsachen. Die Christbescherung fand jedes Jahr statt, ausgenommen 1923.
April 1912	elektrische Lichtanlage, die erste unserer Gemeinde, vom Lehrer am Küchenbrunnen angelegt
1912/1914	unser Herr Lehrer fertigt unter teilw. Mithilfe der Schulkinder die Obstanlage der Schule. Die Obstbäume wurden von Neusorg im Fichtelgebirge bezogen.
Sept.1912	Sammlung zwecks Anschaffung eines Schulharmoniums, 10 Register, Kosten ca. 280 Mark
12.12.1912	Prinzregent Luitpold im 92. Lebensjahr gestorben
1913 – 1920	Uferschutzbauten an der Prien. In Sachrang mit Rücksicht darauf eine einmännige Gendarmeriestation errichtet, seit ? 2männig. Vorher gehörte Sachrang zur Gendarmerie-Station Aschau
März 1913	Mutter unseres Schlossherrn, Freifrau Elisabeth von Cramer-Klett auswärts gestorben und am 28.3.1913 zu Nürnberg beerdigt.
5.11.13	Prinzregent Ludwig zum König ausgerufen
3. 4.14.	Herr Bezirksgärtner Westermeier von Rosenheim hält in Stein einen gut besuchten Obstbaukurs ab
09.05.14	Eröffnung der Bahnlinie Rosenheim - Frasdorf
31.07.14	In Stein Beerenweinbereitungskurs gehalten von H. Westermeier
01.08.14	Mobilmachung. Grenzbewachung durch Einheimische (Daffenreiter, Schuster, ...). Der Weltkrieg brach aus.

1916	Schule Stein vom Lehrer eingezäunt.
1916/17	Verlängerte Weihnachtsferien vom 24.12. bis 07.01. einschließlich (Königs Geburtstag)
19.03.17	Die alte Schullichtanlage wurde durch eine neue, die derzeitige, ersetzt und neben den Schulbrunnen verlegt.
24.04.17	Nachwinter mit 1m Neuschnee.
01.09.17	Einberufung des Lehrers zum Militär (1. Inf. Reg. München, dann zu den Fliegerphotographen nach Schleißheim).
1917/18	Im Winter 1.380 Teller Schulsuppe verabreicht (bei Nachbar Lengauer, dann Adam Aigner).
Jan. 18	Schule geschlossen wegen Diphterie – Erkrankung der 2 Lehrerbuben.

Militärdienst in der Kaserne in Schleißheim, Februar1918, im Krankenrevier, Max Hickl, 4. v.li.;
Archiv HGV; Nachlass Max Hickl

31.05.18	Kapitänleutnant Müller, Teilnehmer an der siegreichen Skagerrakschlacht hielt in Stein einen Vortrag.
Juni 18	Der Opferstock in Stein erbrochen und beraubt.
07.11.18	Nachmittag in München Unruhen (Plünderungen)
07./08.11.18	In der Nacht vom 7. auf 8. November brach in München

	unter Führung Kurt Eisners die Revolution aus.
11.18	Waffenstillstand. Ende des Krieges.
17.12.18	In Stein das staatliche Telephon eingerichtet, Nr. 37.
28.06.19	Friedensschluss zu Versailles. Schmachfrieden, Deutschland verliert Land und muss wahnsinnig hohe Kriegsentschädigung zahlen.
Juni 19	Infolge der andauernden Milch-Not in Stein Stallbau geplant, aber wegen der hohen Kosten nicht durchgeführt.
02.06.19	Viehzählung im Schulbezirk Stein: 10 Pferde, 99 Jungvieh, 83 Kühe, 35 Schafe, 1 Schwein, 43 Ziegen, 46 Kaninchen, 6 Enten, 145 Hühner, 55 Bienenvölker. In der ganzen Gemeinde Sachrang: 28 Pferde, 273 Stck. Jungvieh, 280 Kühe, 128 Schafe, 13 Schweine, 63 Ziegen, 117 Kaninchen, 23 Enten, 20 Gänse, 492 Hühner, 106 Bienenvölker.
08.07.19	Schrecklicher Hagelschlag in Aschau und im Alpenraum, Ziegeldächer zerschlagen. Die Gemeinde Sachrang blieb verschont.
19.09.19	Wassermessungen am Grattenbach durch Firma Pfister und Schmidt (München), veranlasst durch Lehrer Hickl. Mindestergebnis nach mehrwöchiger Trockenheit 100 Sek. Liter, ergibt bei 60 m Gefälle über 60 PS, bei mehr Gefälle entsprechend mehr.
21.09.19	Lichtvers. in Sachrang. Anschluss an „Obüz" zu teuer.
08.02.20	Auf der Kampen wurde ein Wilderer (Aschauer) erschossen. *(Martin Holzner, genannt „Bojer-Martl")*[23]
Febr. 20	Herr Konsul Kotzenberg aus Frankfurt, derzeitiger Jagdpächter, stiftet Bücher für die Schule.
1920	Zeitiges Frühjahr, Februar und März herrliches Frühlingswetter; Obstbäume Ende April und Anfang Mai schon geblüht; am 05.05. jedoch 10 cm Neuschnee.
19.04.20	Berufung des 1. Lehrers von Stein nach Rosenheim; infolge der Wohnungsnot z.Z. noch in Stein (Febr.25)
21.04.20	Versammlung der Hainbacher im „Wasserfall" zwecks Ausbau des Grattenbachs.
12.07.20	Heimatkundliche Wanderung der Steiner und Sachranger Schuljugend auf den Geigelstein (57 Personen).

---

[23] „Erzählungen und Vereine", Teil I, „Geschichten und Erzählungen aus dem Priental", Seiten 156 ff; Wolfgang Bude, Quellenband XVII zur Chronik Aschau i.Ch., 2002; Hrsg. Gde. Aschau

Der Cramer-Klett'sche Förster
Hubert Hornberger;
Archiv HGV; Foto Max Hickl

Martin Holzner,
† Sonntag, 8. Februar 1920;
Archiv HGV

22.07.20	Starkes Gewitter. Auf der Wandbergalm erschlug der Blitz in einer Almhütte 2 Sennerinnen.
1920	Sommer und Herbst Maul- und Klauenseuche; das Priental blieb fast verschont; Okt. auch in Aschau ausgebrochen.
A. Sept.20	Verheerende Überschwemmungen im Flachland.
19.09.20	In Niederaschau Weihe der 4 „Kriegsstahlglocken" die größte von Herrn Baron gestiftete wiegt 92 Zentner.
24.09.20	Aufzug dieser Glocken.
M. Sept. 20	Das 3½-4%ige Kriegsbier gehört der Vergangenheit an. Nunmehr 8%.
Sept. Okt.	In Aschau und Bach große Filmaufnahmen für das Stück „In der Sommerfrische".
04.10.20	Auf dem Wege von Wildbichl nach Sebi wird der jungverheiratete Gastwirt Hans Harlander von Martin Astl aus Sachrang („Marscht") mit einer Axt erschlagen und beraubt. Der Mörder erhängte sich später im Innsbrucker Gefängnis.

Aufzug der neuen Kirchenglocken am 24. September 1920, Pfarrkirche Niederaschau;
Archiv HGV; Foto Max Hickl

E. Okt.	Bis Weihnachten 20 große Trockenheit und Kälte. Manche Quelle versiegt.
19.11.20	Wassermessung am Grattenbach in der Rinne = 25 cm breite, 10 cm Tiefe, zirka 5 m Sek. Geschwindigkeit = 125 Sek. Liter.
28.11.20	Schulgumpe tragbares Eis (Schlittschuhlauf)
E. Nov. 20	Die Sachranger beginnen mit dem Bau des Labenbach – Elektrizitätswerkes (20 – 25 PS). Erste Beleuchtung war Jakobi 1921.
1920/21	Winter. Die Innerwalder planten, die Quellen auf dem Schachen auszubauen, damit hätten die Innerwalder wohl gutes Trinkwasser erhalten. Fachleute schätzten aber die Kraft als ungenügend (1½ – 2½ PS), die Kosten als zu hoch.
04.12.20	Erster Schnee.
04.12.20	Holzmeister Michael Baumgartner, Meister von Innerwald, Vater von 7 unmündigen Buben, bei der Holzarbeit tödlich verunglückt (Nähe Grünboden). Der älteste Sohn (Michl) wurde Wildbichler Wirt.
1920/21	Weihnachten 20 bis 15.01.21 schneefrei.

13.12.20	*Christbescherung in Stein (Wert 200 M)*
06.01.21	*Palmkätzchen blühen. Winter 1920/21: der Schlitten ging nur selten, das Rad jedes Monat. Weihnachten schneefrei; ebenso Ende Februar bis 14. April, (Frühlingswetter). Nachwinter vom 14.04. – 24.04.21.*
02.02.21	*Wassermessung am Grattenbach (Rinne). Mindestergebnis 150 Sek. Liter.*
30.04.21	*In Stein Veredelungskurs durch Herrn Bezirksgärtner Westermeier von Rosenheim.*
Mai 21	*Die Hohenaschauer planen einen Schulhausbau (kam nicht zustande!)*
24.05.21	*Impfung für die Gemeinde Sachrang in Stein.*
01.06.21	*Aufhebung der Zwangsbewirtschaftung von Milch, Butter und Käse, nachdem im Herbst 1920 bereits jene von Fleisch aufgegeben wurde.*

23.06.21	Oberkaseralm ¾ m Schnee. Verschiedene Almen trieben ab.
30.06.21	Bayerns Einwohnerwehr wird aufgelöst. Waffen abgeliefert.
25.07.21	Elektrische Probebeleuchtung in Sachrang. Die Innerwalder schließen sich etwas später an.

Eine Seite aus dem Schultagebuch („Heimatkunde – Schule Stein") der Maria Rieder; übertragenen Text siehe Seite 113; Archiv HGV; Nachlass Max Hickl

Juli 21	Auf unseren Almen die Maul- und Klauenseuche ausgebrochen, dann auch in etlichen Stallungen im Tal.
15.07.21	Schülerwanderung auf den Ranken, 4.-7. Kurs.
17.07.21	Früherer Beginn der Sommervakanz wegen Ausbruch der Maul- und Klauenseuche.
01.08.21	Ab heute gibt es neben dem 8% auch 12%iges Vollbier. Ersteres pro Liter 2 M, letzteres 3,60 M.
16.08.21	Zwangsbewirtschaftung von Getreide und Mehl aufgehoben.
25.08.21	Laubensteinhöhle erforscht (8m hoch, 25m lang)
28.08.21	Kriegerdenkmalseinweihung in Hohenaschau.
16.08.21	Bis 08.09.21 Schulkapelle ausgemalt durch Malermeister Jos. Buchner von Tölz.
04.09.21	Nach 7jähriger Pause in Niederaschau wieder Krämermarkt.
15.09.21	Zuckerzwangsbewirtschaftung aufgehoben.
19.09.21	Schülerwanderung über Dalsen, Weitlahner und Roßalm zum Geigelstein (14 Schulkinder, 4 Erwachsene, darunter die 75jährige Schoßermutter Anna Feistl).

Schüler-Bergwanderung auf die Schachen-Alm; Achiv HGV; Foto Max Hickl

07.10.21	Unter Anwesenheit des Gründers der Schule in der Kapelle Stein die vom Lehrer Hickl und Kunstmaler Buchner gefertigte und gestiftete photogr. Gefallenen – Ehrentafel eingeweiht.
11.10.21	Missionsbruder Wilhelm von Deutsch – Ostafrika hält in Stein einen Lichtbildervortrag.
18.10.21	Schulvisitation durch Herrn Landesschulrat Brigle.
19.10.21	Schülerwanderung über Ranken, Zinnenberg, Feichten und Brandlberg zum Spitzstein (Versteinerungen).
06.11.21	Leonhardiritt in Sachrang; findet jedes Jahr statt.
27.11.21	Gedächtnisfeier in der Kirche Sachrang für die 15 Gefallenen (Photogr. Ehrentafel von Herrn Lehrer Hickl).
12.12.21	H. Konsul Kotzenberg stiftet 1.400 M zur Anschaffung eines Lichtbilderapparates für die Schule.
23.12.21	Um 2 Uhr Christbescherung in der Schule. Weihnachtsspiel. Herr Rechl stiftet 100 M zum Lichtbilderapparat.
23.12.21	- 08.01.22 Weihnachtsvakanz.
11.01.22	starb im Schlosse der Vater unserer Schlossherrin Freiherr Exzellenz von Würtzburg.
08.02.22	Vormittag 8 Uhr: 20° Kälte.
03.03.22	Erster Lichtbildervortrag in Stein: „Der Vatikan".
23.03.22	Feindkommission sucht in Grattenbach ohne Erfolg 6 Häuser nach militärischen Waffen ab.
24.03.22	Obstbaukurs des Herrn Westermeier bei Herrn Rechl.
11.04.22	Schulschlussfeier in Stein mit Lichtbildervortrag: Alpenkönige und Bilder der Heimat Priental
Mai 22	Außerwald bis Wasserfall Nr. 231/2 erhalten das elektrische Licht von den Leizachwerken (Obüg)
05.05.22	3. Lichtbildervortrag in Stein: Das Passionsspiel von Oberammergau.
28.05.22	Niederaschau: Enthüllung des Kriegerdenkmals.
01.06.22	Das Schulzimmer bekommt elektrische Beleuchtung.
02.06.22	4. Lichtbildervortrag in Stein: Das bayerische Hochland.
10.06.22	Herr Max Huber von Aschau stiftet für den Lichtbilderapperat eine 300-Watt-Lampe.
13.06.22	Kirchenpatrozinium in Stein (jedes Jahr)
07.07.22	5. Lichtbildervortrag: Wunder der Sternenwelt.

12.07.22	Schülerwanderung über Ranken, Klausen, Aberg- und Hofalm nach Hohenaschau. Abmarsch 7 Uhr, Heimkehr 3 Uhr.
09.08.22	Abends 8½-10½ Uhr im Gasthaus zur Post Lichtbilder Vortrag über „Land und Leben im Priental" (M. Hickl).
22.08.22	5½-7½ Uhr derselbe Vortrag in der Högermühle für Aschaus Sommergäste (ca. 100 Lichtbilderaufnahmen unseres Herrn Lehrers).
01.09.22	Schulbeginn mit Lichtbildvortrag „Rheinreise" unseres Herrn Religionslehrers Dr. Röck.
24.10.22	Lichtbildervortrag – Robinson, Rattenfänger, etc.
29.10.22	7½-9½ Uhr im Gasthaus zum Wasserfall „Lichthebefeier" mit Lichtbilder Vorträgen.
Okt 22	Von Grattenbach bis Klausgraben Hs.Nr. 25 werden die Lichtmasten gesetzt.
03.11.22	Probebeleuchtung von Grattenbach bis Hirl. Nun hat die ganze Gemeinde elektrisches Licht. Es wurde also Licht in unserem lichtarmen Tale!
29.11.22	Schrecklicher Sturm.
01.12.22	Zirka 1,2 m Schnee. Kein Schulkind gekommen.
20.12.22	Im Schulzimmer Christbescherung mit Weihnachtslichtbildern.
17.01.23	Starker Schneefall und Stürme. 3 Kinder zur Schule – Postbote und Kaminkehrer kommen auf Skiern. Postschlittenverkehr eingestellt.
01.02.23	Infolge starken Regens gingen im Klausgraben 2 große Lawinen nieder (oberste Blockhütte eingedrückt); untere Lawine ca. 12 m hoch. Ebenso im Schindeltal.
23.02.23	Schulschlussfeier mit Prüfung der Austretenden.
01.06.23	Lichtbildervortrag „Das heilige Land" (Dr. Röck)
13.07.23	Lichtbildervortrag „Essbare und giftige Pilze" (Hickl)
14.07.23	Schülerwanderung (26 Kinder) über die Dalsen zur Kampenwand.
01.08.23	Omnibusverkehr Sachrang – Aschau infolge der hohen Betriebskosten eingestellt.
01.09.23	1 Liter Bier kostet 400.000 M.
25.09.23	Die Schulwasserleitung treibt nun eine Kreissäge (Schulholz)

15.10.23	Ende der Brotkarte.
19.10.23	Infolge Maserner-krankung wurde die Schule 9 Tage geschlossen.
22.10.23	1 Liter Vollbier kostet 672 Millionnen, 1 Pfund Schwarzbrot 600 Millionen, 1 Semmel 70 Millionen Papiermark.
25.10.23	Ackeralm abgebrannt; 1924 wieder aufgebaut.

Eine der Lebensmittelmarken; Brot- und Mehl-Karte gilt bis 15.10.1923; Archiv HGV; Nachlass Max Hickl

26.10.23	Mindestpreis für Mittagessen im Gasthaus 4 Milliarden (4.000.000.000.-); 1 Pfund Hausbrot 1.860.000 M, 1 Semmel 280 Milliarden.
01.11.23	Das gemarterte, verarmte Volk erwartet sehnlichst die angekündigte wertbeständige Rentenmark (RM = Goldmark).
10.11.23	Die RM ist da (1 RM = 300 Milliarden Papiermark). Die Hauptgeschäftszeit der Spekulanten und Schieber geht zu Ende u. mancher „Schieber" schiebt bald wieder den Karren, den er vorher schob! (Schubkarren!).
01.12.23	Eine RM gilt 1 Billion Papiermark (auch jetzt, 06.3.25 noch).
24.12.23	Bis nach Neujahr schreckliche Schneestürme. Verkehr 14 Tage eingestellt.
16.04.24	Schulschlussfeier mit Prüfung der Austretenden. Anwesend = Frau Baron von Cramer-Klett; Herr Rentmeister Josef Meier, 10 Schulseminaristinnen und viele Eltern.
Mai 24	Aicher und S. Pfaffinger erneuern die Einzäunung.
19.05.24	Besichtigung der Höhle von Wurzeck (5.-7. Kurs).
20.05.24	Im Schulzimmer Stein Impfung für alle impfpflichtigen Kinder unserer Gemeinde.
23.05.24	Für die Schullichtanlage neuer Akkumulator beschafft 4 Zellen = 8 Volt).
24.05.24	wurde der zu Weihnachten auf der Kampen im Schneesturm verunglückte Bankdirektor Anspacher gefunden.

Der erste Bittgang der „Sachranger Kreuzleut'" nach St. Antonius zu Stein am 12. Mai 1915; Archiv HGV; Foto Max Hickl

28.05.24	Die Sachranger Kreuzleut in der Kapelle Stein (seit 1915).
Juni 24	Die Hauslichtleitung der Schule wird von 2 Monteuren neu verlegt (8 Tage). Neun Brennstellen kommen vor und in die Kapelle, in Spielhalle und Hof. Die Gesamtkosten betragen über 200 M. Nun können Lampen von 10 – 90 Kerzen gespeist werden.
13.06.24	Neue Wasserzuführung zur Schulturbine, wodurch die Leistung erhöht wird. Die Maschinenanlage kommt an den derzeitigen Platz (am Fenster).
12.07.24	Mit 28 Schulkindern die herrlichste aller bisherigen Wanderungen auf Ranken, Zinnenberg, Klausen (Mittagsrast), Aberg (Höhle besichtigt), Laubenstein (Versteinerungen gesammelt und Höhleneingang besehen), Hofalm, Drahtzug; Abmarsch 6½ Uhr, Heimkehr 5 Uhr.
21.07.24	Abends 9 – 9¼ Uhr schreckliches Gewitter.
22.07.24	Nachmittag vernichtet in Sachrang ein Hagelunwetter alle Gartenfrüchte. Schulbezirk Stein blieb verschont. ½6 Uhr plötzliches Hochwasser. Innerhalb 1-2 Minuten stieg die Prien fast 1m; die schmutzig-braune Flut enthielt 12% Sand und Schlamm.

30.07.24	Unaufhörlicher Regen.
30./31.07. 24	In der Nacht zum 31. Juli Katastrophenhochwasser; alle Stege und Holzbrücken weggeschwemmt, stellenweise die Uferbauten zerrissen, die Distrikt-Straße an 2 Stellen (oberhalb der Hubener Brücke und oberhalb Forsthaus) weggespült, Stockhammer Haus Nr. 34 gefährdet (vom Ufer zirka 8 m weggerissen). Der Schaden beträgt mindestens 100.000 M. Die Straße ist ab September wieder für alle Fuhrwerke befahrbar (Straßenbrücke wurde keine beschädigt.) An der Behebung der Hochwasserschäden arbeiten an mehreren Baustellen zirka 100 Mann, Einheimische und Fremde. Die Arbeiten werden beendet im ? 1926.
August 24	Maurer tünchen das Schulhaus und die Halle.
26.08.24	In Stein die ersten Radioversuche mit Radioapparat „Kramolin". Kein Empfang. Die Versuche werden Anfang September mit Erfolg wiederholt. 04.09. im Schulzimmer erste öffentliche Radiovorführung mit Kopfhörern (ca. 30 Erwachsene anwesend). Empfang von Wien, München, Stuttgart, Leipzig, Berlin, Frankfurt, auch schwach von England. Diese Versuche fanden 8 Tage später im Sachranger Schulhaus statt (11.09.).
31.08.24	Herr Max Huber von Niederaschau stiftet die gesamte elektrische Hauslichtleitung von Stein (siehe Juni!).
07.09.24	Aschauer Markt (schön Wettter!)
24.09.24	Schulvisitation durch Herrn Schulrat Ed. Wenning von Rosenheim.
15.10.24	Unser Herr Lehrer baut eine Antenne (Luftdraht) für Radio – Empfang.
17.10.24	Der 1. Radio Apparat das Prientals und der Umgebung wird in Stein dauernd in Betrieb genommen (Marke „Telefunken"). Guter Empfang! 1 Monat später kommt die 2. Radio – Empfangsanlage (Telefunken) nach Aschau. Radiobesitzer in Sachrang – Aschau sind derzeit (08.03.25) 1. Hauptlehrer Hickl in Stein, 2. Herr Baron von Friesen, Weidachwies, 3. Herr Baumeister Gasteiger, Niederaschau, 4. H.H. Pfarrer Jud, Niederaschau, sämtliche „Telefunken" Apparate (3 Röhren), 5. Herr Max Huber, Elektrotechniker Niederaschau, ebenso Telefunken (3 Röhren), 6. Josef Grabl, Monteur, Niederaschau (selbstgebauter Apparat).

20.11.24	Erster Schnee (20 cm).
27.11.24	Die Eltern der Kinder und Freunde der Schule kaufen für Ihre Schule einen Lautsprecher (leider „Leisesprecher"!).
06.12.24	½5-½ 6 Uhr im Schulgebäude Radio für die Jugend, abends für Erwachsene (Empfang mittelmäßig! 30 Personen).
20.12.24	Zweiter Radio – Abend (anwesend ca. 50 Personen, Empfang sehr schlecht!). Bei gutem Radiowetter ist der Empfang so kräftig, dass Musik und Sprache bei geöffneten Türen von Lehrers Wohnzimmer bis in den unteren Gang gut wahrnehmbar sind.
23.12.24	Christbescherung im Schulzimmer. „Lichterprozession". Erstmals Christbaum neben vielen Kerzen 3 elektrische farbige Lämpchen. Anwesend neben sämtlichen Schulkindern viele Erwachsene und kleine Kinder. Wert der Gaben zirka 100 M.
24.12.24	Zur Christmette konnte man heuer mit dem Rad auf staubiger Straße fahren.
30.12.24	Die Schul-Akkumulator Anlage wird durch Zuschaltung weiterer 4 Zellen vergrößert.
01.01.25	Straße mit Rad gut befahrbar. Der Winter machte sich bisher kaum bemerkbar. Der Schlitten ging noch keine 8 Tage.
06.01.25	2. Schneefall.
04.02.25	Wieder geringer Schneefall. Ebenso 07.02. und dann wieder am 09.03. (20 cm). Wo bleibt heuer der Schnee? Der Wintersportzug München–Aschau fiel wegen ungenügender Schneelage auf den Höhen zeitweise, vom 08.03. an, ganz aus.
10.02.25	Versuch: Übertragung von Radiokonzert aus ? durchs Telephon nach Aschau.
15.02.25	Fönsturm. Fast alle Telephon- und Lichtleitungen im Flachland beschädigt. Bei uns nur geringer Schaden an Dächern und Telefonleitung.
Febr. 25	und März Sprengungen im Felsenbett der Prien (am Prienknie unterhalb dem Schulhause) zwecks Tieferlegung des Bettes.
28.02.25	Zauberkünstler in der Schule.
28.02.25	Vormittag 10¼ Uhr unser Reichspräsident Friedrich Ebert (einst Sattlergehilfe) gestorben. 1¼ Std. nach dem Tode war diese Botschaft durch Radio in Stein bekannt.

04.03.25	Schulfrei wegen Todesfall des Reichspräsidenten.
05.03.25	Alles vor dem 11.10.24 herausgegebene Papiergeld auf Mark lautend wird zur Einziehung aufgerufen. Also alle Trillionen, Milliarden, Millionenscheine und dergleichen.
06.03.25	Elektrische Leitung für Radio – Lautsprecher vom Wohnzimmer ins Schulzimmer geführt. Wir Kinder dürfen nun mitunter ½ 12 Uhr den Wetterbericht anhören.
09.03.25	Schneefall (20 cm). Nach einer Pause von 4 Monaten geht nun wieder der Schlitten von Sachrang bis Aschau (½ Monat lang).
11.03.25	Der verheiratete 41 jährige Holzarbeiter Sebastian Straßberger von Sachrang bei der Abfahrt am Spitzsteinweg bei Innerwald tödlich verunglückt. Am 08.06.23 verunglückte ebenfalls tödlich durch Steinschlag bei Huben am Geigelsteinweg der 26jährige verheiratete Holzarbeiter Remigius Bachmann von Sachrang.
15.03.25	Neuhäusler-Wirtschaft wieder eröffnet.
26.03.25	Straße nach Aschau vollständig schneefrei und trocken.
29.03.25	5 ½ Uhr früh Radio-Empfang von Amerika (New York)
07.04.25	H. Regierungspräsident Exzellenz v. Knözinger besichtigt auf der Durchreise das Schulhaus.
08.04.25	Schul-Entlassfeier mit Prüfung der Austretenden. Ostervakanz v. 8.4. bis 23.4. einschließlich
15.04.25	Ein Ros. Auto überfährt in Sachrang mit der f. Kraftverkehr verbotenen Straße nach Wildbichl zw. Pfarrhof u. Bliemetsrieder die 3j. Botenstochter A. Pertl. Das Kind war sofort tot (der Wagenführer wurde zu 10 Wochen Gefängnis, umgewandelt in 700 M Geldstrafe, verurteilt.
20.04.25	Probefahrt des 10sitzigen Postautos v. Prien nach Sachrang
26.04.25	Reichspräsidentenwahl. Unser greiser ehem. Heerführer von Hindenburg wurde Präsident Deutschlands.
1924/25	Der schneeärmste Winter seit Menschengedenken. Das Fuhrwerk ging fast jede Woche, der Schlitten v. Sachrang bis Aschau insgesamt kaum 4 Wochen.
02.05.25	Es schneit! „Maischnee".
11.05.25	Hauptlehrer Wolfg. Hofmann, ehem. Lehrer in Sachrang, in Endorf beerdigt.

12.05.25	Amtsübernahme der Reichsleitung durch Präsident v. Hindenburg (schulfrei).
16.05.25	Schülerwanderung auf Herren- und Fraueninsel (Freifahrt auf Chiemseebahn u. Dampfschiff). Besichtigung des Schlosses auf H.I., der Klosterkirche u. des Friedhof auf Fr.I. – Herrliches Wetter! (4.-7. K. und etl. Fortb. Sch.).
20.05.25	3. Bittgang: Sachranger Kreuzleute in Stein. Seit Kriegsausbruch findet diese Wallfahrt anstelle jener nach Walchsee statt.
23.05.25	In Stein Impfung für die Kinder der ganzen Gemeinde.
25.05.25	Unser Herr Lehrer legt in Rosenheim die Prüfung für Kraftfahrer ab. (Mit Schwerkrafträdern dürfen nur solche Personen fahren, die aufgrund einer Prüfung den Führerschein erhalten).
30.05.25	Impfschau in Stein. Da dem H. Impfarzt v. d. Gemeinde ein Auto bereitgestellt wurde, fand für die Sachranger Kinder die Nachschau in Sachrang statt.
11.07.25	Letzter Schultag, Beginn der Sommervakanz. Schülerwanderung auf Spitzstein (22 Kinder). Unser Herr Lehrer bekommt sein Motorrad, das 1. Schwerkraftrad in der Gemeinde Sachrang.
18.07.25	In Prien „Hebfeier" aus Anlaß der Fertigstellung der Geigelsteinschutzhütte.
31.07.25	„Hurra, die Post ist da!" 3 Postauto für die 2 Strecken Prien-Sachrang u. Prien – Seebruck bestimmt, fahren nach Sachrang.
01.08.25	Sachrang hat nun wieder eine Postverbindung: Eröffnung der Autopostlinie Prien-Wildenwart-Frasdorf, Aschau-Sachrang mit tägl. je 2 Fahrten hin und zurück. Das Auto „übernachtet" in Sachrang. Morgenfahrt Anschluß zum 1. Zug in Aschau und Frasdorf. Fahrpreis Sachrang- Prien 2,50 M.
10.08.25	8½ Uhr abends in Sachrang Lichtbildervortrag für Einheimische u. Fremde: Wanderungen in der Heimat. Ges. Erträgnis 52 M nach Wunsch des Vortragenden zugunsten der „Kirchenglocke". Da aber von anderer Seite dies nicht gewünscht wurde, zugunsten der Gemeinde.

Original der Ankündigung des Lichtbildervortrages am 10. August 1925 im Gasthaus Neumeier in Sachrang; Archiv HGV; Nachlass Max Hickl

Montag, 10. Aug. 1925 abends ½ I Uhr
im Gasthof Neumeier zu Sachrang:
Lichtbildervortrag:
Land u. Leben im Priental,
Wanderungen im Tal und auf den Höhen.
100 Bilder aus der Mappe eines Liebhaberphotographen.
Eintritt: 50 Pfg. (Minderbemittelte frei!) Das Erträgnis
wird zur Anschaffung der hiesigen Kirchenglocken verwen-
det, der Wohltätigkeit sind daher keine Schranken gesetzt!

18.08.25	51. Geburtstag des Schloßherrn Theodor von Cr.-Kl.
26.08.25	Hochwasser. Ein kl. Teil des Uferschutzbaues beim Stockhammer zerstört.
Sept. 25	Straßenregulierung vor dem Schulhaus. Kosten ca. 1.500 M.
Sept. 25	Unser Herr Lehrer verzichtet auf die Lehrerstelle in Rosenheim, nachdem er über 5 Jahre vergeblich auf eine Wohnung wartete u. bleibt in Stein.

22.10.25	Jubelfeier in Hohenaschau anläßlich des 50 j. Besitztums des Schlosses durch Familie v. Cr.-Kl. (7.10.1875).
07.11.25	Die älteste Tochter der Schloßherrschaft, Baronesse Elisabeth, vermählt sich mit H. Dr. Leixl.
22.11.25	Sitzung der Schulpflegschaft: Für die Schulkinder v. Stein werden 28 Paar Schulhausschuhe genehmigt.
Nov. 25	Das Postauto fährt täglich nur mehr 1x.
26.11.25	Schneefall. Das Postauto hat am Brückler Berg fest zu schaffen! Ab 1.12. fährt es nur mehr die Strecke Aschau – Sachrang (1x tägl.)
02.12.25	Autoverkehr infolge der Schneelage eingestellt; ab 7.12. Postschlitten bzw. - wägelchenfahrt, je nach den Straßenverhältnissen.
11.12.25	H. Bräumeister Flach v. Hohenaschau gestorben (in München feuerbestattet).
19.12.25	Hervorragend guter Radioempfang.
23.12.25	½ 3 Uhr in der Schule Christbescherung. (Waren für z. 60 M u. 28 Paar Schulhausschuhe.) Beginn der Weihnachtsvakanz – Ende 7.1.
29.12.25	In Aschau ist die Straße trocken, bei uns noch wenig, nach Sachrang Schlittenbahn.
Jan. 26	Die Straße nach Aschau tadellos trocken, 26. Febr. sogar vollständig bis Sachrang.
03.03.26	Schneetreiben – Sturm – Tratsch!
08.03.26	Ebenso!
09.03.26	2-4 Uhr Schlußprüfung: Leiter Herr Schulrat Wening v. Rosenheim (im Relig. Unt. Herr Schuldekan Huber, Pfarrer v. Bernau). Zugegen: H. Bürgermeister v. Sachrang und weitere 8 Erwachsene.

*Firmung in der Schlosskapelle: Franziskus Kardinal von Bettinger firmt die
zwei ältesten Kinder v. Cramer-Klett: Baron Ludwig und Baronesse Elisabeth und
die ältere Tochter des Schloßverwalters Reiserer , 13. Juni.1915; Archiv HGV; Foto Max Hickl*

Kapitel V

Anhang

Max Hickl, Selbstportrait um 1920;
Archiv HGV, Foto Max Hickl

Anhang 1

Lebensdaten von Max Hickl

(nach eigenen Angaben in seinem „*Haushaltungsbuch"* 1901 – 1923; angelegt
im Dezember 1921 aus früheren Aufzeichnungen, z.T. Bruchstücke, da einige fehlen. Meine Kinder (u. Kindeskinder?) möchten bei Durchsicht eingedenk sein, wie
ich in Sparsamkeit u. mit Entbehrungen meine Jugendjahre verlebte – verleben
mußte!* Max Hickl.
 * auch die Sparsamkeit u. Tüchtigkeit der Frau Anna, geb. Huber 1881)

27.03.1883	*geboren zu Rosenheim, Innstraße 41*
bis 1896	*Jugendjahre in Rosenheim*
1896 – 1899 (13.-16. Lj.)	*Präparand (Präparandenschule)*
28.03.1898	*zu Frau Holzmeier, Rathausstr. Nr. ? (rotes Haus neben Realschulgebäude) in Wohnung gekommen, da am 01.04.1898 die Eltern und Schwager Oberlechner nach München verzogen (Augustenstr. 41)*
1899 – 1901 (16.-18. Lj.)	*Lehrerseminarist in Freising*
01.10.1901 – 23.12.1902	*Hilfslehrer in Apfeldorf a. Bach, Lkr. Schongau*
24.12.1902 – 30.04.1903	*Aushilfslehrer in Birkland bei Apfeldorf*
01.05.1903 – 15.07.1904	*Hilfslehrer in Apfeldorf*
16.07.1904 – 31.10.1904	*Hilfslehrer in Griesbäckerzell, Lkr. Aichach*
01.11.1904 – 15.02.1906	*Hilfslehrer in Untergeißenberg, Lkr. Weilheim*
16.02.1906 – 31.08.1906	*Schulverweser in Seeshaupt*
01.09.1906 – 31.10.1908	*Schulverweser in Rosenheim*
01.11.1908 – 20.10.1927	*(im 25. Lj.) Lehrer/Hauptlehrer in Stein, Gemeinde Sachrang*
01.09.1917 – 15.04.1918	*Militärdienst in München und Schleißheim*

(Gehalt 1908 als Volksschullehrer: mtl. 100 Mark + 12,50 Mark Alterszulage + freie Wohnung; als Gegenleistung für freies Heizmaterial ist das Schullokal zu beheizen; die Freiherrliche Verwaltung zahlt im Jahr einen Zuschuss von 300 Mark, ab Verheiratung 500 Mark)

Geheiratet (zivil und kirchlich) am 01.12.1910 im Schulhaus Stein, Gemeinde Sachrang. Kosten der Hochzeit (im Gasthaus Wildbichl, Niederndorferberg, Tirol): 370,50 Mark

Frau:
Anna Hickl	*geb. Huber aus Palling, Hs.Nr. 37, Lkr. Laufen*

Kinder:
Sohn Theodor Hickl	*geb. 06.06.1912 im Schulhaus Stein, südl. Eckzimmer*
Sohn Siegfried Hickl	*geb. 18.04.1914 im Schulhaus Stein, südl. Eckzimmer*

Umzug am Kirchweihmontag 1927 nach Aising bei Rosenheim, Wohnhaus Breitensteinstr. 1, gebaut 1950/51

20.10.1927 –	*Volksschule Aising bei Rosenheim*
01.09.1921 + 01.04.1940	*Hauptlehrer*
01.11.1935	*Oberlehrer*
15.09.1945 – 18.02.1949	*Dienstenthoben*
19.02.1949	*wieder verbeamtet*

Zur Information:

Ausbildung und Stationen zum Volksschullehrer um 1900:

- Vorbereitungszeit: 3 Jahre bei einem Vorbereitungslehrer
- Studium: 2 Jahre königlich-bayerisches Schullehrer-Seminar
- Schuldienst- Expektant (Vorbereitungsdienst, keine feste Anstellung)
- Schulgehilfe (Vorbereitungsdienst, keine feste Anstellung)
- Schulverweser (wurde oft viele Jahre oder überhaupt nicht zum Lehrer ernannt)*
- Lehrer (Beamter auf Lebenszeit)

* Verweser kommt vom althochdeutschen Wort Firwesan, dessen Bedeutung «jemandes Stelle vertreten» ist. Ein Verweser ist jemand, der eine vakante Stelle vorübergehend verwaltet, bis wieder ein ordentlich gewählter Amtsinhaber eingesetzt wird (Wikipedia).

(Alles kursiv Gedruckte ist übertragen) Original siehe Abbildung Seite 130!

Grabstein der Familie Hickl; Max Hickl starb am 11.05.1969 in Aising
im 87. Lebensjahr und ist auf dem dortigen alten Friedhof begraben.
Archiv HGV, Foto Wolfgang Bude

Anhang 2
Werdegang Max Hickls

Eintrag von Max Hickl in seinem „Haushaltungsbuch für Familie Max Hickl"; erste Innenseite;
Archiv HGV; Nachlass Max Hickl

Anhang 3

Lehrer in Stein[24]

Name	von	bis	Bemerkungen
Schulleiter			
Max Hickl	1908	1927	einklassig (1-7) / (StAM PA17891; zus. Anhang in diesem Band)
Theodor Hupfauer	1927	1963	einklassig (1-7)
Hildegard Robens	1963	1969	einklassig (1-4)
Aushilfen			
Max Limmer	1917	1918	
Josef Krammer	1927		
Julius Mauckner	1927		
Josef Haas	während des II. Weltkriegs		
Agnes Finsterwalder	während des II. Weltkriegs		

Anhang 4

Religionslehrer an der Schule Stein

Name	von	bis
Dr. Alois Röck, Schloßkaplan	1.11.1908	30.09.1915
Nikolaus Hackl, Vikar aus Passau	1.10.1915	01.09.1917
Hermann Hoffmann, Vikar aus Westfahlen	12.09.1917	15.09.1920
Dr. Alois Röck, Schloßkaplan	16.11.1920	1957

Danach wechselten sich bis zur Auflösung der Schule Stein verschiedene Geistliche der Pfarreien Niederaschau und Sachrang beim Religionsunterricht ab (z.B. Pfarrer Pfarrer Johann Baptist Simon, Pfarrer Franz Krammer, Kaplan Alois Obermaier, Pfarrer Franz Chlodek).

---

[24] „Schulgeschichte", Schulwesen in der Herrschaft Hohenaschau und der Gemeinde Aschau i.Ch., Hans Hoesch+ und Elisabeth Lukas-Götz, Quellenband XVIII zur Chronik Aschau iCh., Hrsg. Gemeinde Aschau i.Chiemgau, 2002, Anhang

Anhang 5
Schüler in Stein[25]

Zeitraum	Volksschule	Feiertagsschule
	Knaben/Mädchen/**gesamt**	
1908	**32**	8
1925/26	**27**	
1963/64	24/10/**34**	
1964/65	26/9/**35**	
1965/66	26/13/**39**	
1966/67	17/14/**31**	
1967/68	13/16/**29**	

Anhang 6
Schreiben Lehrer Hickls an die Gemeinde
wegen der Reinigung des Schulgebäudes in Stein, 1918

Vom Lehrer der Schule Stein   *Stein, 20.9.18*

An
Die verehrl. Gemeindeverwaltung
Sachrang

Betreff: Reinigung von Schulsaal, Gang, Abort u. Spielhalle.
Der Unterzeichnete ersucht die Gemeinde Sachrang um Bereitstellung von Mitteln für die Reinigung *der Schulräume.*
Als Begründung diene Folgendes:
Bisher war für die Reinigung der Schulräume niemand aufgestellt. Mütter und ältere Geschwister der Schulkinder besorgten freiwillig das Putzen der fraglichen Räume. Die ersten Jahre des Bestehens der Schule wurde diese Arbeit gut besorgt. Seit Kriegsdauer jedoch läßt die Reinigung sehr zu wünschen übrig. Es kamen nur wenige Putzerinnen mehr; manche Frauen zeigten kein Interesse mehr daran. Darum ersuche ich im Interesse der Reinlichkeit, die Gemeinde möge eine Person für fragliche Arbeiten aufstellen.
Es kommt in Betracht: Reinigung von Schulboden, Hausgang, Abort, Spielhalle, Schulfenster u. Abortfenster. Putzen jährlich je nach Bedarf 4–6 mal; Kehren wöchentlich 1–2 x. Der Unterzeichnete ist bereit, für den Betrag von jährlich 100 M die Reinigung durch seine Magd u. Hilfspersonen zu übernehmen.
Hochachtend
Max Hickl, Lehrer

(Übertragen) Original im Archiv HGV; Nachlass Max Hickl

---

[25] Siehe Fußnote 24!

Anhang 7
Beschluss des Gemeinderats über die Reinigung der Schule Stein, 29.9.1918

Die Schulräume im Schulhause Stein wurden bis 31.7.18 von den Müttern der Schulkinder gereinigt. Die Reinigung erfolgte unregelmäßig und nicht genügend. Herr Lehrer Hickl stellt den Antrag die Reinigung ihm zu übertragen gegen eine jährl. Entschädigung von „einhundert Mark„. Der Gemeindeausschuß ist damit einverstanden.

Unterzeichnet haben   *Auer, Bürgerm.*
Mayer Sebastian
Pfaffinger Sebastian
Pfaffinger Andreas
Pertl Johann
Feistl Andreas   *Forster Prtklf.*

Schularchiv Aschau, Schulgeschichtliche Aufzeichnungen für die Volksschule Sachrang, 1913-1971

Anhang 8
Bescheid der Regierung von Oberbayern über die Zusammenlegung der Schulen Sachrang und Stein, 1964

Nr. I/8 - 4388 a - 2
Abdruck

Regierung von Oberbayern
München, den 23. Januar 1964
Betreff: Zusammenlegung der Volksschulen Sachrang und Stein, Gemeinde Sachrang, Landkreis Rosenheim

Die Regierung von Oberbayern erläßt folgenden
Bescheid

I.
Auf Grund der §§ 1 bis 6 und 15 des Schulorganisationsgesetzes, der Ziffern 3 bis 7 und 9 der Ausführungsbekanntmachung zum Schulorganisationsgesetz, des Art. 4 des Schulbedarfsgesetzes sowie des Gesetzes über die Schulverwaltung, Schulverbände und die Gastschulverhältnisse an Volksschulen vom 26.1.1961 –

GVBl. S. 35 – wird mit Wirkung vom Beginn des Schuljahres 1963/64 folgendes angeordnet:

1. Die bisher selbständigen katholischen Bekenntnisschulen Sachrang und Stein werden zusammengelegt.

2. Als Schulsprengel für die neue Schule Sachrang/Stein wird das Gebiet der Gemeinde Sachrang bestimmt.

3. Die neue Schule ist teilweise ausgebaut und in 2 Klassen geteilt. Die 1. Klasse umfaßt die Schülerjahrgänge 1 bis 4 und wird im Schulhaus im Ortsteil Stein der Gemeinde Sachrang untergebracht. Die 2. Klasse umfaßt die Schülerjahrgänge 5 bis 8 und wird im Schulhaus im Ortsteil Sachrang räumlich untergebracht.

4. Die vermögensrechtliche Verwaltung und Vertretung der Schule obliegt der Gemeinde Sachrang. Zum kommissarischen Schulleiter und Klaßlehrer der 2. Klasse in Sachrang wird Oberlehrer Gernot Hauck bestellt, zur Klaßleiterin der 1. Klasse in Stein wird ap. Lehrerin Hildegard Robens bestimmt.

II.
Kosten werden nicht erhoben.

Gründe

In der Gemeinde Sachrang hat bisher in den Ortsteilen Sachrang und Stein je eine selbständige ungeteilte Volksschule bestanden. Zur Verbesserung der Schulverhältnisse hat die Gemeinde Sachrang eine Zusammenlegung dieser beiden Schulen beantragt und gleichzeitig die Kosten für den notwendigen Transport der Schüler übernommen (die Sachranger Kinder der Schülerjahrgänge 1 bis 4 werden mit Postbus nach Stein, die Steiner Kinder der Jahrgänge 5 bis 8 werden ebenso nach Sachrang gebracht).

Dieser Regelung hat sich die gemeinsame Schulpflegschaft für die beiden bisher selbständigen Schulen angeschlossen. Die kirchlichen Oberbehörden (Erzbischöfliches Ordinariat München und Freising und der Evang.-Luth. Landeskirchenrat in München) haben ebenfalls zugestimmt.

Bei dieser Sachlage war, wie geschehen, zu entscheiden.

Die Kostenentscheidung beruht auf Art. 3 Abs. 1 Nr. 1 und 2 des Kostengesetzes.

gez. Dr. Deinlein
Regierungspräsident

(Übertragen) Original im Archiv HGV; Nachlass Max Hickl

Anhang 9

25-jähriges Dienstjubiläum von Max Hickl in Stein

Gedicht seines Vetters Franz Metzler (Hohenaschau), vorgetragen am 12.09.1926

Zum Vettern Max sein 25.

Du bist net blos a Gärtner,
Du hast as kultiviert. –
Dö „kloan und grossn Stoana"
Scho oft photographiert.

Wo sonst nur Füchs und Has'n
Sich wünschen guate Nacht,
da hast Du's Telefoni
und a 's Elektrisch'bracht. —

Hat oana a gross' Anlieg'n
Muass zum Advikat,
Du nimmst 'n auf Dei "Schnauferl"
Und fahrst 'n nei in d' Stadt.

Und kimmt oana zum „Hoagascht" –
Du siehgst an jeden gern –
Na derf a drahtlos lus'n
Da gross'n Welt von fern. —

Du bist a g'schickter Winzer
Und braust an Beerensaft,
an schwarz'n und an rot'n,
der, Bruada, hat a Kraft!

Du hast a gastlichs Weiberl,
lad'st G'freund und Vettern ei,
dö brint na a paar Glaserln
vo so an Beerenwei. —

D'rum soll er hoch heut leb'n,
da liabe Vetter Max;
i wünsch, dass 'n koa Krankheit
net zwickt beim Fuass und Hax,

Dass er no fünfundzwanzig
Dö Buama d' Höserln spannt; —
Dass mir na g'müatlich feiern
Dös Funfzigste mitnand'.

Aschau/Stein 12. Sept. 26

(Übertragen) Original im Archiv HGV; Nachlass Max Hickl

Anhang 10
Schreiben von Max Hickl ans Wohnungsamt in Rosenheim

Hickl an Wohnungsamt

Stein im Priental, 14.1.21

An das sehr verehrl. Wohnungsamt im Rosenheim!

Der Unterzeichnete bittet das Wohnungsamt und den verehrl. Wohnungsausschuß Ros. um Zuteilung der in nächster Zeit frei werdenden Wohnung im Hause des H. Hptlehrers J. Mauckner, äußere Prinzregentenstr. -

Zur Begründung des Gesuches seien mir folgende Angaben gestattet:

1. Der Gesuchsteller war v. 1906 -1908 Schulverweser in Rosenheim u. mußte nach den damals geltenden Anstellungsbestimmungen vor der Anstellung als wirkl. Lehrer Rosenheims eine Reihe von dienstjahren auf dem Lande sammeln! Im April 1920 wurde ich von der Reg. v. Oberbay. als Volksschullehrer v. Rosenheim ernannt u. sollte infolge der Wohnungsnot erst am 1. Sept. 20 dort meinen Dienst antreten. - Ich bin gebürtiger Rosenheimer.

2. Während der fast 13jährigen Wartezeit bin ich in der Einödschule Stein im Priental (7 bzw. 5 ½ km v. den Dörfern Aschau und Sachrang entfernt) tätig, an einer ungeteilten Schule mit 7 vereinigten Jahrgängen u. dazu fast durchwegs schwach veranlagten Einödkindern, was nach langjähriger aufreibender Tätigkeit den Wunsch rechtfertigt, an einer geteilten Schule mit nur 1 Jahrgang unter günstigeren schulischen Voraussetzungen endlich Erleichterung in der dienstlichen Tätigkeit zu finden. - Dazu zählt das Priental, also mein Schulbezirk zu den wirtschaftlich ärmsten Gebieten Bayerns, weil klimatisch sehr ungünstig (langer Winter, sehr viel Niederschläge - mittl. Jahresniederschlag v. 2350mmm, also das doppelte wie Rosenheim mit 1180mm -) so daß ich uns hierin eine Verbesserung dringend herbeiführen möchte. - Die Milch ist uns hier schwer erhältlich u. mußte ich schon zeitweise v. H. Aschau beziehen, seit Jahres*eist uns ½ Std. Entfernung.-

3. Ich bewohne hier eine Dienstwohnung mit 4 großen Zimmern, Küche mit Nebenraum, Kammer mit Bad, großen Gang u. den üblichen Nebenräumen (zus. 225 qm). Die fragliche Wohnung in Rosenheim ist zwar in den Maßen (182qm) etwas kleiner, zählt aber die gleichen und gleichviel Räume. Mein Haushalt zählt 5 Personen. - Sollte mir die W.Kommission etwa die Auflage machen, einen Schüler in die Wohnung aufzunehmen, so würde ich bestrebt sein, dieser Auflage zu entsprechen, solange die Wohnungsnot anhält u. mein Familienstand dies zuläßt. - Mein ältester Sohn würde heuer in die Mittelschule übertreten, falls ich in Rosenheim ansäßig wäre.

4. Seit April war ich wohl 10 - 12x in Rosenheim, um dort oder in der Umgebung eine geeignete Wohnung ausfindig zu machen, bisher vergebens.

5. Die in Frage stehende Wohnung entspräche meinen Verhältnissen nicht nur mit Rücksicht auf Größe, sondern ganz bes. auch nach Lage u. Art! Da bekanntlich der Lehrerberuf große Anforderungen an die Sprechorgane stellt u. der Aufenthalt in schlechter Schulluft gesundheitlich nachteilig wirkt, schafft eine gesunde Wohnung in staubfreier, luftiger u. sonniger Lage notwendigen Ausgleich. - Ärztliches Zeugnis könnte ev. Beigebracht werden! -

6. Der Hausbesitzer, H. Hptlehrer Mauckner machte mich laut beiliegender Karte sofort auf diese Wohnung aufmerksam u. würde es sicher gerne sehen, wenn mir die Wohnung zugeteilt würde.

Im Hinblick auf diese Darlegungen bitte ich den verehrl. W.Ausschuß, mir durch Zuteilung dieser Wohnung die Möglichkeit zu erschließen, daß ich bald in meiner Heimatstadt den Dienst antreten kann. Da nicht leicht eine derartig geeignete Wohnung frei werden dürfte, könnte meine Übersiedlung vielleicht noch weit hinausgeschoben werden.

Hochachtend
Max Hickl, Lehrer

Schreiben von Max Hickl am 14.01.1921 an das Rosenheimer Wohnungsamt (übertragen);
Original im Archiv HGV; Nachlass Max Hickl

Anhang 11
Dankschreiben von der Kanzlei König Ludwig III.
für die übersandten Fotos von Max Hickl

SEINER MAJESTÄT
des
KÖNIGS VON BAYERN
KABINETT.

München, den 3. August 1915.

X 3   A 3

Seine Majestät der König haben die Sammlung der
von Euer Hochwohlgeboren beim Besuch des Lazaretts in
Hohenaschau aufgenommenen, wohl gelungenen Photogra=
phieen sehr gerne entgegengenommen und sagen für die
durch die Einsendung erwiesene Aufmerksamkeit freund=
lichen Dank.

Im Allerhöchsten Auftrag:

v. Dandl

K. Staatsrat i.ao.D.

Herrn
Max H i e k l ,
Lehrer
Schule STEIN a.d.Prien
Post Saehrang.

König Ludwig III.

Dankschreiben des kgl. Kabinetts im Auftrag von König Ludwig III. an Max Hickl vom 3. August 1915, für die Übersendung der Fotos vom Besuch seiner Majestät im Hohenaschauer Reservelazarett; Archiv HGV, Nachlass Max Hickl

Anhang 12
Preistafel Inflation

Gegenstand	Vor dem Kriege	1919	1918/19 »Schieberpreise«	1920
1 l Milch b. Bauer	10-12 Pfg.	25 Pfg.	1-2 Mark	65 Pfg.- 1 M
1 Pfd. Butter b. Bauer	80 Pfg.-1 M	5 M	15-30 m	7,50-10 M
1 Ei	6-7 Pfg.	25 Pfg.	1-2 Mark	-
1 Pfd. Kalbfleisch	90 Pfg.	2,70 M	5-10 M	3,40-12 M
1 Pfd. Rindfleisch	90 Pfg.	2,70 M	5-10 M	2,90 -12 M
1 Pfd. Brot	20 Pfg.	24 Pfg.	-	0,80-1,24 M
1 Pfd. Weizenmehl	22 Pfg.	80 Pfg.	2-5 M	1-1,50 M
1 Pfd. Salz	11 Pfg.	20 Pfg.	-	35-45 Pfg.
1 Pfd. Zucker	24 Pfg.	78 Pfg.	-	1,3-3,6 M
1 Pfd. Honig	0,80-1,00 M	4,50 M	10-30 M	10-15 M
1 Pfd. Kaffeebohnen	1,40 M	12 M	40 M	28-32 M
1 Pfd. Seife	34 Pfg.	16 M	30 M	16 M; 8-10 M
1 l Petroleum	30 Pfg.	2 M	5 M	3,30 - 7,40 M
1 l Bier	12% 26 Pfg.	4% 52 Pfg.	-	4% 75 Pfg.
	-	-	-	8% 1,2-1,5 M
1 Ztr. Äpfel	3-4 M	40-50 M	60-100 M	50-150 M
1 Kuh (zirka)	250-400 M	1,200-1.500 M	-	3-10.000 M
1 Pferd (zirka)	800-1.000 M	5.000 M	-	10-30.000 M
1 Zigarre (mittel)	7-10 Pfg.	1,5-2 M	-	1-3 M
1 Herrenanzug	60-70 M	200-300 M	-	800-1.200 M
1 Hemd (zirka)	2-5 M	20-30 M	-	90-120 M
1 Paar Herrenschuhe	10-20 M	80-120 M	-	300-500 M
1 Filzhut	3-10 M	50-100 M	-	200 M
1 Spule Faden	20-40 Pfg.	-	-	18-40 M
1 Schiefertafel	20-25 Pfg.	1,80 M	-	2,80-11 M
1 Griffel	1 Pfg.	5 Pfg.	-	10 Pfg.
1 Lederschulranzen	5-8 M	40-50 M	-	100 M
1 Herrenfahrrad	80-120 M	500 M	-	1.500-2.000 M
1 Goldstück zu 20 M	20 M	-	1.000 M	300-500 M
1 Silbermark	1 M	-	15 M	8 M, dann 3 M
Briefporto (20 gr)	10 Pfg.	15 Pfg.	-	20, dann 40 P.
Bahnfahrt-Aschau-Prien	25 Pfg.	60 Pfg.	-	1,20 M
Tagelohn f. Holzknecht	3 M	11-18 M	-	27-34 M
Bahnf. Rosenh.-Münch.	1,10 M	-	-	-

Die von Max Hickl seinen Schülern diktierte Preistafel aus den Vergleichsjahren 1914-1925;

01.12.1921	01.04.1922	01.10.1922	01.01.1923	01.10.1923	01.01.1925
2-3 M	3-4 M	18-24 M	120-140 M		18-20 Pfg.
24 M	30-40 M	-	1.350 M		1,80-2,00 M
2 M	2 M	5-10 M	50 M	Infolge der	12-15 Pfg.
11 M	22 M	-	750 M	sprung-	80-90 Pfg.
10 M	20 M	-	7-800 M	haften	90 Pfg.-1 M
2 M	3,50-6 M	13 M	-	Preis –	23 Pfg.
6-7 M	10-13 M	-	300 M	steigerung	25-28 Pfg.
45 Pfg.	70 Pfg.	3,80 M	20 M	konnten	10 Pfg.
5,50 M	10 M	30 M	350 M	die Preise	40-42 Pfg.
15 M	20-30 M	150-200 M	1-2.000 M	nicht an-	1,80-2,00 M
40 M	60-80 M	800 M	-	nähernd	3,00-3,60 M
12-15 M	20 M	-	-	festgestellt	70 Pfg.
9 M	10,50 M	-	1.000 M	werden!	40-45 Pfg.
8% 3 M	8% 6 M	30 M	140 M		12% 46 Pfg.
12% 4 M	12% 8 M	-	-		-
150-300 M	4-500 M	3-500 M	-		5-10 M
6-10.000 M	15-20.000 M	150.000 M	0,5-1 Mio. M		3.500 M
30-40.000 M	20-50.000 M	-	1-2 Mio. M		-
1-4 M	2-3 M	15-30 M	50-300 M		15-20 Pfg.
800-1.200 M	2-300 M	30-40.000 M	30-100.000 M		70-120 M
50-100 M	100 - 200 M	1-2.000 M	3-5.000 M		3-8 M
190-400 M	5-800 M	4-7.000 M	30.000 M		15-30 M
250 M	2-800 M	1.200 m	3-6.000 M		-
20-30 M	30-40 M	4-500 M	-		ca. 1 M
8 M	8-14 M	100 M	1.000 M		50 Pfg.
10-15 Pfg.	20 Pfg.	2-3 M	6-8 M		6-10 Pfg.
250-300 M	5-800 M	-	6-10.000 M		6-10 M
1,4-1.800 M	4-5.000 M	20-30.000 M	1-150.000 M		90-150 M
850 M	1.200 M	6.500 M	-		-
	21 M	150 M	-		-
60 Pfg.	2 M	6 M	25 M		10 Pfg.
2,10 M	3,75 M	-	-		40 Pfg.
47-50 M	80 M	-	-		4,5-5,5 M
-	-	-	-		

Original im Archiv HGV; Nachlass Max Hickl

Anhang 13
Bericht des Rosenheimer Anzeigers zum 25. Lehrerjubiläum in Stein

Silbernes Lehrerjubiläum in Stein

Am Sonntag, den 12. 9. feierte die Gemeinde Sachrang im Gasthaus „zum Wasserfall" das 25jährige Dienstjubiläum des Hauptlehrers Max Hickl von Stein. Der Jubilar absolvierte 1901 das Lehrerseminar zu Freising, wirkte von 1906—1908 als Schulverweser in Rosenheim und nunmehr 18 Jahre an der im Jahre 1908 eröffneten idyllischen Talschule Stein, einer Gründung des über die bayerische Grenze wohlbekannten Freiherrn Theodor von Cramer-Klett. Die 3 Räume des Gasthauses faßten nicht alle Festgäste, so daß ein Teil derselben im Freien sich niederließ, den herrlichen Sonnenschein genießend. Unter den zahlreichen Gästen von Aschau und Sachrang befanden sich u. a. die Herren Bürgermeister von Hohen- und Niederaschau, sowie von Sachrang, Mitglieder des Gemeinderates Sachrang, mehrere Vertreter der freih. Verwaltung mit ihren Frauen, der Katechet der Schule, Schloßkaplan Dr. Alois Röck und der Pfarrherr von Sachrang als ehem. Lokalschulinspektor. An der Feier nahmen alle Schulkinder teil und ihre Angehörigen, sowie viele Freunde und Bekannte des Gefeierten, dem zahlreiche Ehrungen von allen Seiten zuteil wurden. Die Gemeinde verlieh dem Jubilar „für seine vieljährige Tätigkeit in der Gemeinde das Ehrenbürgerrecht."

Phot. Theod. Hickl, stud. real.

Lehrerjubiläum in Stein.

Ein Teil der Festgäste mit dem Jubilar und dessen Gattin. Auf obigem Bild befinden sich außer den 3 Bürgermeistern von Sachrang, Hohen- und Niederaschau, der Schloßkaplan Dr. Röck, der Pfarrer von Sachrang, ein Pater von Reisach, der Aschauer Forstrat, Forstmeister, Brauereiverwalter, der Dichter, die Sachranger Musikkapelle, der Jubilar mit Frau usw.

Phot. Th. Hickl, stud. real. **Lehrerjubiläum in Stein (12. 9. 26.)**

Zeitungsausschnitt vom 1926 über das 25. Lehrerjubiläum von Max Hickl, Schule Stein;
Archiv HGV; Nachlass Max Hickl

Anhang 14
Schreiben von Theodor von Cramer-Klett an Max Hickl

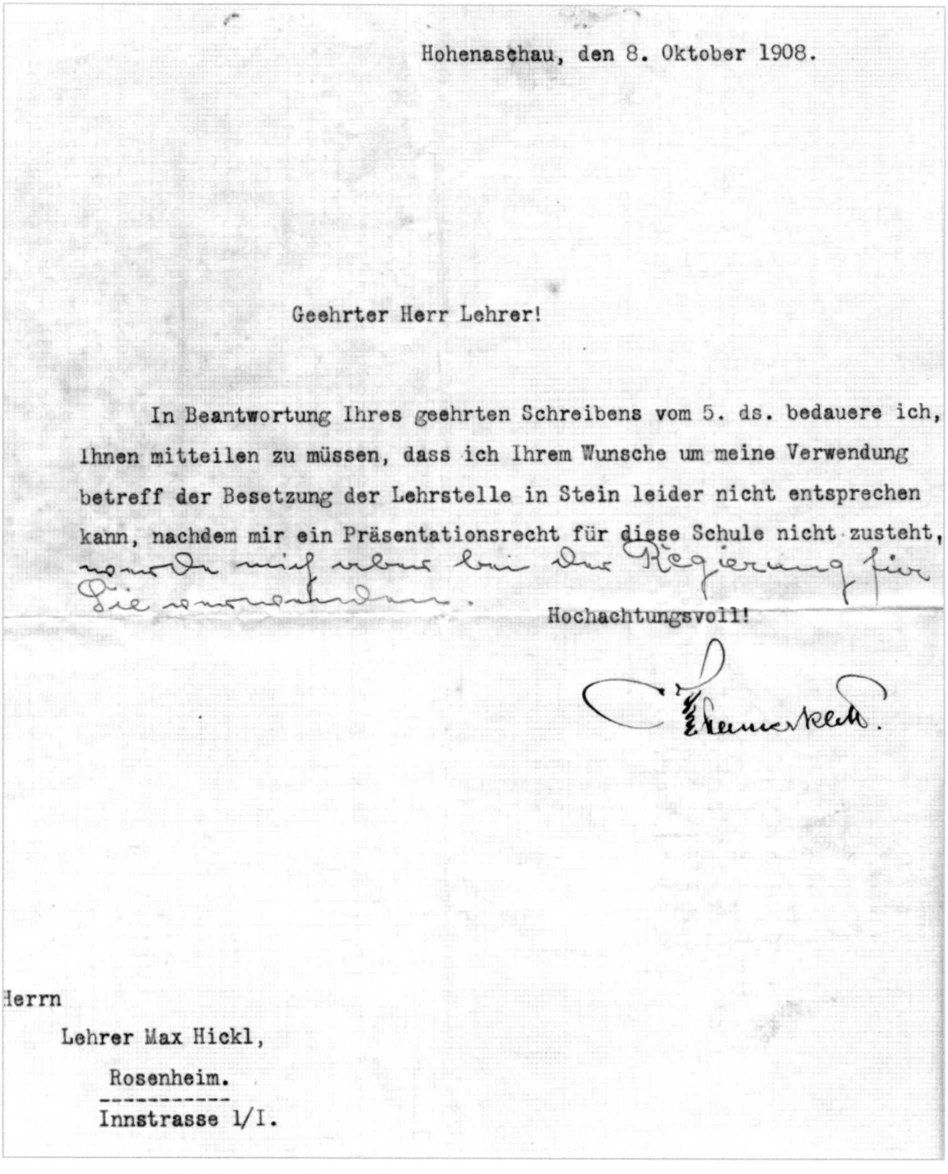

Hohenaschau, den 8. Oktober 1908.

Geehrter Herr Lehrer!

In Beantwortung Ihres geehrten Schreibens vom 5. ds. bedauere ich, Ihnen mitteilen zu müssen, dass ich Ihrem Wunsche um meine Verwendung betreff der Besetzung der Lehrstelle in Stein leider nicht entsprechen kann, nachdem mir ein Präsentationsrecht für diese Schule nicht zusteht, *werde mich aber bei der Regierung für Sie verwenden.*

Hochachtungsvoll!

Cramer-Klett.

Herrn

Lehrer Max Hickl,

Rosenheim.

Innstrasse 1/I.

Brief von Theodor von Cramer-Klett vom 08.10.1908 an Max Hickl
bezüglich seiner Bewerbung für die Lehrerstelle in Stein;
Handschriftlicher Vermerk: „werde mich aber bei der Regierung für Sie verwenden."
Archiv HGV; Nachlass Max Hickl

Anhang 15
Schreiben von Theodor von Cramer-Klett an Max Hickl
anl. seiner Versetzung an die Volksschule nach Aising

Hohenaschau bei Prien (Oberbayern)

den 16.Sept.27.

Lieber Herr Lehrer !

Ihr Brief vom 13. hat, wie Sie sich denken
können, ebenso wie auf unseren guten Dr.Roeck, so auch auf mich
sehr niederschmetternd gewirkt, sind doch Sie die leibhaftige
Verkörperung der Tradition von Stein. Sie haben die Schule
dortselbst in ihren Anfängen bewacht und haben auch mit Liebe
das Gotteshaus gepflegt,das mit jener Schule verbunden ist.
Sie haben mit sehr grosser Liebe auch die ganze dortige Bevölkerung behandelt, wofür ich Ihnen nicht genügend danken kann.
Ihr Andenken dort wird gesegnet bleiben,und ich habe nur die
stille Hoffnung, dass doch einmal vielleicht im Priental sich
wieder die Möglichkeit geben möge, Sie als Mentor der Jugend
begrüssen zu können. Niemand wäre erfreuter wie ich, denn
alle diese Jahre her haben doch auch persönlich zwischen uns
ein festes Band geknüpft,welches freilich durch Ihre Versetzung nach Aising nicht berührt ist, denn meine grosse Wertschätzung für Sie und auch für Ihre verehrte Frau Gemahlin
kennen Sie ja. Auch werden Sie wohl gefühlt haben, dass diese

./.

Wertschätzung und Sympathie von meiner Familie für Sie geteilt wurde. Ihre Gründe sind hierfür nur zu begreiflich, die Erziehung Ihrer Kinder ist doch schliesslich das Wichtigste.

Und so lassen Sie mich, wenn auch mit einem tränenden Auge, mit dem anderen freudigst auf Ihre Zukunft blickend, Ihnen die innigsten Wünsche für Ihren neuen Wirkungskreis aussprechen und die Hoffnung, dass er dort ebenso erfolg- und segensreich sein möge, wie er in der Schule Stein gewesen ist.

Ich hoffe sehr, Sie vor Ihrer Abreise noch sehen zu können. Leider muss ich ja, wie Sie wissen, morgen abreisen.

Einstweilen tausend herzliche Grüsse von uns allen für Sie und Ihre liebe Familie und innigste Wünsche, in alter Treue

Ihr ergebener

Theodor von Cramer-Klett schreibt Max Hickl zu seinem Abschied aus Stein
am 27.09.1927 einen Brief;
Archiv HGV; Nachlass Max Hickl

Anhang 16
Dankschreiben von Michael Kardinal von Faulhaber
an Max Hickl

München, Promenadestrasse 7 ,
den 1. Okt. 1927.

Sr. Hochwohlgeboren
Herrn Hauptlehrer Max H i c k l an der Schule Stein im Priental.

Sehr geehrter Herr Hauptlehrer !

Mit grosser Freude und herzlichem
Danke habe ich das schöne Album erhalten, das Sie mit vielem künst-
lerischen Feingefühl zusammengestellt haben. Das Album ist mir zugleich ein teueres Andenken an den Tag der in Sachrang vorgenomme-
nen kanonischen Visitation und der Hl. Firmung, die ich den braven
Kindern des Prientales und Ihrer Schule gespendet habe.

Mit Gruß und Segen

+ M. Card. Faulhaber

Michael Kardinal von Faulhaber bedankt sich am 01.10.1927 für das übersandte Foto-Album
anl. seines Besuches im Priental, wo er auch an der Schule Stein Station zur
„Adoration" in der Antonius-Kapelle machte. Archiv HGV; Nachlass Max Hickl

Anhang 17
Lebensmittelmarken

„Reichs-Fleischkarte" Königreich Bayern, Kreisverband Rosenheim-Land von August 1919;
die Fleischkarte für Kinder ist auf „Siegfried Hickl", den jüngeren Sohn von Max Hickl ausgestellt.
Archiv HGV; Nachlass Max Hickl

Anhang 18
Schulabschlusszeugnis von 1914

Schulabschlusszeugnis von Johanna Torkar, die von 01.11.1908 bis 30.04.1914 die Schule in Stein besuchte. Archiv HGV; Nachlass Max Hickl

Anhang 19
Verdienstbescheinigung von 1918

19. August 18.

B e s c h e i n i g u n g .

Der Lehrer der Schule Stein bezieht aus Renten-
verwaltungsmitteln jährlich Mk. 5 0 0.- . Dieser Betrag dient
als dienstliche Aufwandentschädigung am exponierten Schulposten
Stein, zugleich als Entgelt für Darreichung von Frühstück an den
jeweils zelebrierenden Geistlichen (Schulkapelle Stein), ebenso
zur Schadloshaltung für an arme Schulkinder gegebene Lehrmittel
u.s.f. und kann daher steuerlich nicht herangezogen werden, da er
kein Teil des Gehaltes ist.

Freiherrl. von Cramer-Klett'sche
Hütten- u. Rentenverwaltung
Hohenaschau.

Bescheinigung der Cramer-Klett'schen Verwaltung für Lehrer Hickl
über eine jährliche dienstliche Aufwandsentschädigung von 500 Mark vom 19.08.1918.
Archiv HGV; Nachlass Max Hickl

Kapitel VI

Bildanhang allgemein

Familie, Personen

*Katharina Hickl, Mutter von Max Hickl,
um 1900; Foto von K. Frank, Rosenheim;
Archiv HGV; Nachlass Max Hickl*

*Anna Hickl
mit Theo und Siegfried, 1918;
Archiv HGV; Nachlass Max Hickl*

*Familie Hickl vor dem Schulhaus mit den beiden Söhnen Theo und Siegfried, 1917;
Archiv HGV; Foto Max Hickl*

Max Hickl mit erlegtem Hirsch;
Archiv HGV; Nachlass Max Hickl

Max Hickl beim Schifahren mit der Lehrerfamilie
Forster, Sachrang, auf der Dalsen, 1910; Archiv
HGV; Nachlass Max Hickl

Familie Hickl in der „guten Stube" im Schulhaus Stein um 1920;
Archiv HGV; Foto Max Hickl

Winter in Stein 24.04.1917;
Haushälterin Resi Blüml mit Anna und Max Hickl vor dem verschneiten Schulhaus
Archiv HGV; Foto Max Hickl

Hickls Schwager Franz Huber
aus Palling mit seiner Frau;
Archiv HGV; Foto Max Hickl

Max Hickl mit seinem
D-Rad in Aising;
Archiv HGV; Nachlass Max Hickl

Familie Hickl beim Kartenspielen; v. li. Theodor, Max, Anna, Siegfried Hickl um 1934;
Archiv HGV; Foto Max Hickl

„Großes Zimmer" in der Lehrerwohnung in Stein; Archiv HGV; Foto Max Hickl

*Max Hickl mit dem Rad und
seinen beiden Söhnen um 1920;
Archiv HGV; Foto Max Hickl*

*Hickls Vetter Thedy Metzler,
Bahnhofsvorsteher in Niederaschau;
Archiv HGV; Foto Max Hickl*

Hickls Schwester Maria Oberlechner, Niederaschau;
Archiv HGV; Foto Max Hickl

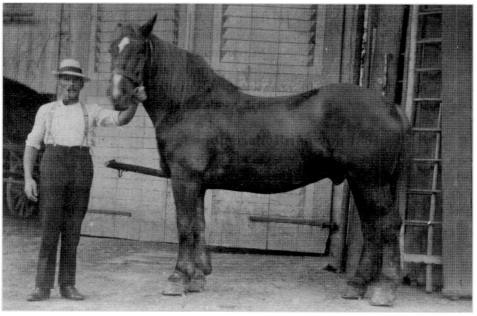

Schwager von Max Hickl, Ludwig Huber auf seinem Bauernhof in Palling;
Archiv HGV; Foto Max Hickl

Hickls Bruder Ludwig mit seiner Frau Mathilde und den Töchtern Elisabeth, Emmi und Kinderfrau; Archiv HGV; Foto Max Hickl

Esszimmer der Familie Hickl im Schulhaus Stein; Archiv HGV; Foto Max Hickl

Schlosskaplan Dr. Alois Röck mit den Töchtern von Konsul Eiswald um 1912;
Archiv HGV; Foto Max Hickl

Weihnachten 1916 in der Lehrerwohnung im Schulhaus Stein;
Archiv HGV; Foto Max Hickl

Msgr. Dr. Alois Röck auf dem Bastei-Weg,
Ende der 1950er Jahre;
Archiv HGV

Anna, Frau des Oberförsters Schrobenhauser
(† 1923), um 1916;
Archiv HGV; Foto Max Hickl

Pfarrer Josef Atzberger, Sachrang, mit seiner
Haushälterin Anna Stettner um 1916;
Archiv HGV; Foto Max Hickl

„Gebirgler" um 1918;
Archiv HGV; Foto Max Hickl

Försterstochter Anni Schrobenhauser;
Archiv HGV, Foto Max Hickl

Elisabeth Meggendorfer; Tochter des Försters,
mit ihren langen Haaren; um 1915;
Archiv HGV; Foto Max Hickl

Frau Lengauer beim Melken; Archiv HGV; Foto Max Hickl

Michael Kardinal von Faulhaber mit Dr. Röck (li.), vor der Schule Stein,
nach der „Adoration" (Anbetung) in der Antonius-Kapelle des Schulhauses am 14.05.1927;
Archiv HGV; Foto Max Hickl

Försterstochter Johanna Meggendorfer;
Archiv HGV; Foto Max Hickl

„Gebirgler" 1916;
Archiv HGV; Foto Max Hickl'

Mädchen aus dem Schulbezirk Stein um 1920;
Archiv HGV; Foto Max Hickl

„Pulverbartl-Peter", Paringer;
Archiv HGV; Foto Max Hickl

Rentmeister Meier mit seiner Tochter am Fahrrad;
Archiv HGV; Foto Max Hickl

Lehrer Hickl (ganz links) mit seiner „Oberabteilung“
von der Volksschule in Aising während der NS-Zeit;
Archiv HGV; Nachlass Max Hickl

Schüler vor der Tür der Antonius-Kapelle in Stein 1951;
li. Dr. Alois Röck, re. oben, Lehrer Theodor Hupfauer;
Archiv HGV

Theodor Hupfauer, Msgr. Dr. Alois Röck, Max Hickl (2.-4. v. li.) im Gespräch mit ehem. Schülern der Schule Stein beim 50jährigen Jubiläum 1958; Archiv HGV; Nachlass Max Hickl

Theodor Hupfauer bei seiner Ansprache zum 50-jährigen Bestehen der Schule Stein, 1958; Archiv HGV; Nachlass Max Hickl

Der 75-jährige Max Hickl bei seiner Ansprache zum 50-jährigen Bestehen der Schule Stein, 1958; Archiv HGV; Nachlass Max Hickl

Zweifacher Ehrenbürger 85 Jahre alt

In Aising feiert am morgigen Samstag Oberlehrer a. D. Max Hickl Geburtstag

Am morgigen Samstag begeht Oberlehrer a. D. Max Hickl in Aising in guter Gesundheit seinen 85. Geburtstag. 48 Jahre lang, davon 22 Jahre in Aising, stand Max

Ehrenbürger Max Hickl
Foto Gschwendner

Hickl im Schuldienst; unlösbar ist die Aisinger Schulgeschichte mit seinem segensreichen Wirken verbunden. Drei Generationen der alteingesessenen Aisinger Bürger haben Jahre ihrer Schulzeit unter der fürsorglichen Obhut von Max Hickl verbracht. Seine aufopfernde Erziehertätigkeit war stets getragen von einer hingebenden Liebe zur Jugend.

Auf Grund seiner nahezu zwanzigjährigen Tätigkeit an der von Theodor Freiherr von Cramer-Klett erbauten und der Gemeinde Sachrang gestifteten Bergschule Stein sowie der Schaffung einer Ortschronik wurde Max Hickl schon 1925 zum Ehrenbürger der Gemeinde Sachrang ernannt. Die gleiche Auszeichnung erhielt er 1960 von der Gemeinde Aising, in der er seit 1927 als Lehrer und Schulleiter tätig war und daneben noch den Organistendienst und das Amt des Gemeindeschreibers längere Zeit versah. 1949 trat Hickl in den wohlverdienten Ruhestand.

Am 1. Dezember 1960 konnte er mit seiner Lebensgefährtin Anna die goldene Hochzeit feiern. Aus der Ehe gingen zwei Söhne hervor, die beide den Beruf eines Arztes ausüben. Seit seinem Dienstantritt in Aising ist Max Hickl noch heute aktives Mitglied des Männergesangvereins Aising, der ihn zum Ehrenmitglied ernannte. Der Obst- und Gartenbauverein Pang und Umgebung ernannte ihn zu seinem Ehrenvorstand.

Der Jubilar, eine profilierte Persönlichkeit im Wasen und darüber hinaus, erfreut sich neben einer hohen Wertschätzung bei der Einwohnerschaft auch einer unverbrüchlichen Anhänglichkeit bei seinen ehemaligen Schülern und Schülerinnen.

Auf diese wohl genutzten und reich erfüllten Jahrzehnte blickt Max Hickl heute in beschaulicher Ruhe zurück. Er ist noch immer rüstig und aufgeschlossen, und niemand sieht ihm das hohe Alter an. Zufrieden lebt er mit seiner Gattin in seinem Heim an der Breitensteinstraße, beliebt und geachtet von allen, die ihn kennen, und das sind nicht wenige.   Zi-

Bericht im Oberbayerischen Volksblatt Rosenheim zum 85. Geburtstag von Max Hickl;
Archiv HGV

Landschaften, Orte, Gewerbe

Priental vom Schachen nach Norden um 1913; Archiv HGV; Foto Max Hickl

Hohen- und Niederaschau um 1913; Archiv HGV; Foto Max Hickl

Blick von der Überhängenden Wand über Hohen- und Niederaschau zum Chiemsee;
Archiv HGV; Foto Max Hickl

Hohenaschau um 1916;
Archiv HGV; Foto Max Hickl

Schlossbrauerei und Rentei in Hohenaschau um 1916;
Archiv HGV; Foto Max Hickl

Hammerbachgelände mit Zellerhorn;
Archiv HGV; Foto Max Hickl

Prienbrücke Hohenaschau mit Schloss um 1916;
Archiv HGV; Foto Max Hickl

Burghotel Hohenaschau um 1920;
Archiv HGV; Foto Max Hickl

Sachrang um 1916;
Archiv HGV; Foto Max Hickl

Blick von der Acker-Alm zum Geigelstein,
Archiv HGV; Foto Max Hickl

Holzknechthütte am Klausgraben um 1914;
Archiv HGV; Foto Max Hickl

Blick von Wildbichl nach Norden;
Archiv HGV; Foto Max Hickl

Beim Zaun-Machen an der Tiroler Grenze bei Wildbichl, um 1920;
Archiv HGV; Foto Max Hickl

Partie an der Prien bei Stein mit Familie Oberlechner;
Archiv HGV; Foto Max Hickl

„Rindenkobel", Unterstand der Holzknechte im Bergwald um 1914;
Archiv HGV; Foto Max Hickl

Ritzer-Mühle bei Wildbichl;
Archiv HGV; Foto Max Hickl

Priener Hütte mit Kaisergebirge 1913;
Archiv HGV; Foto Max Hickl

Holzfuhrwerk vor der Schule Stein (die „Hainbacherin");
Archiv HGV; Foto Max Hickl

Holzfuhrwerke vor der Schule Stein 1918;
Archiv HGV; Foto Max Hickl

Zollhaus Sachrang mit Ölbergkapelle und Spitzstein;
Archiv HGV; Foto Max Hickl

Familie von Cramer – Klett

*Familie von Cramer-Klett um 1912,
v. li. Regina (* 04.09.1907 + 07.01.1977), Theodor (*18.08.1874 +30.05.1938),
Annemarie (*05.03.1910 +17.03.1992), Ludwig-Benedikt (21.03.1906 +15.08.1985),
Anna-Cariklia, geb. von Würtzburg (*22.10.1876 +12.01.1952), Elisabeth (*17.08.1904 +15.10.1927);
Archiv HGV; Foto Max Hauch, Prien*

Abbildung Seite 174/175:
*Eine Meisterleistung seiner Fotokunst liefert Max Hickl mit der Zusammenstellung der Tafel „Schloss-
herrschaft der Familie von Cramer-Klett". Eine verblüffend perfekte Fotomontage (mit den damaligen
Möglichkeiten!) mit gemaltem Hintergrund. (Archiv HGV)
In der Mitte oben Schloss Hohenaschau, darunter die Familie Theodor und Anna-Cariklia von Cramer-
Klett, mit ihren Kindern Elisabeth, Ludwig-Benedikt und Regina mit den Leitern der Verwaltung, Dienern
und Hausangestellten. (Die 1910 geborene Annemarie fehlt noch. Das weist darauf hin, dass Hickel die
Tafel etwas vor diesem Jahr anfertigt.)
Die Darstellung der Cramer-Klett`schen Betriebe im Uhrzeigersinn von rechts oben:
- der Fuhrpark von den Pferden über die Kutschen bis zum ersten Kraftfahrzeug
- die Schlossgärtnerei mit Mitarbeitern, Hilfskräften, Zimmerern und Landschaftspflegern
- die Schlossbrauerei mit Brauereimitarbeitern, Bierkutschern und Wagnern
- die Ökonomie mit den Mägden und Knechten
- der Forstbetrieb mit den Förstern und Forstarbeitern*

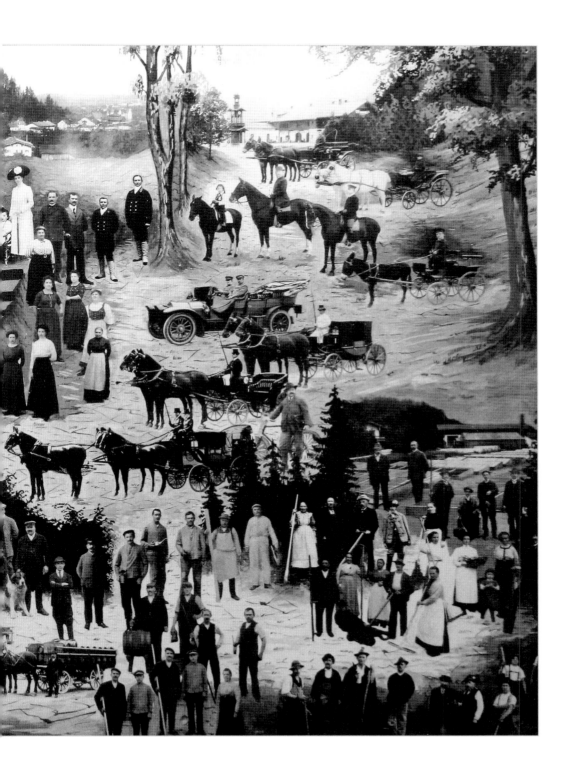

Die Cramer-Klett-Töchter Regina und Annemarie
in ihrem Kinderzimmer auf Schloss Hohenaschau im August 1916;
Archiv HGV; Foto Max Hickl

Annemarie und Regina von Cramer-Klett;
Archiv HGV; Foto Max Hickl

Ludwig Benedikt von Cramer-Klett, um 1916;
Archiv HGV; Foto Max Hickl

Erstkommunion 1912, Tochter des Schlossverwalters Reiserer,
Elisabeth und Ludwig Benedikt von Cramer-Klett;
Archiv HGV; Foto Max Hickl

Firmung in der Schlosskapelle mit Franziskus Kardinal von Bettinger; 13.06.1915;
Archiv HGV; Foto Max Hickl

*Hochzeit der Cramer-Klett-Tochter Elisabeth mit Dr. Karl Leixl
am 07.11.1926 in der Schlosskapelle Hohenaschau;
Archiv HGV; Foto Max Hickl*

*Hochzeit der Cramer-Klett-Tochter Elisabeth mit Dr. Karl Leixl in der Schlosskapelle Hohenaschau;
Archiv HGV; Foto Max Hickl*

Küche auf Schloss Hohenaschau um 1915;
Archiv HGV; Foto Max Hickl

Schlosspersonal 1917;
Archiv HGV; Foto Max Hickl

König Ludwig III. von Bayern mit Theodor von Cramer-Klett und Schlosskaplan Dr. Alois Röck
in der Schlosskapelle Hohenaschau, 03.07.1915; Archiv HGV; Foto Max Hickl

Grab der Familie v. Cramer-Klett im Park der Villa Elisabeth, Hohenaschau,
nach der Beerdigung der in Kairo verstorbenen Cramer-Klett-Tochter Elisabeth, 1927;
Archiv HGV; Foto Max Hickl

50 Jahre Cramer-Klett in Hohenaschau. Feier im Innenhof des Schlosses am 22.10.1925;
Archiv HGV; Foto Max Hickl

„Freiherrliches Eselsfuhrwerk" bei der Restkapelle, Hohenaschau;
Archiv HGV; Foto Max Hickl

Cramer-Klett'sches „Krüppelheim";
Archiv HGV; Foto Max Hickl

Villa „Röck" und Haus „Elisabeth" um 1920;
Archiv HGV; Foto Max Hickl

Mädchenheim „Elisabeth"; li. Vikar Nikolaus Hackl;
Archiv HGV, Foto Max Hickl

Theatergruppe im Mädchenheim „Elisabeth";
Archiv HGV, Foto Max Hickl

Villa Elisabeth, errichtet als Alterssitz von Theodor von Cramer-Kletts Mutter Elisabeth;

Archiv HGV; Foto Max Hickl

Sonstiges

Primiz in Frasdorf am 27.07.1927; Primiziant Johann Maier (danach Stadtpfarrer in Rosenheim
Christ-König). An der Stelle des Altars jetzt die Autobahn!
Archiv HGV; Foto Max Hickl

Josef Auer war von 1906-1919
Bürgermeister von Sachrang.
Er traute Max Hickl und seine Frau
Anna Huber 1910 im Schulhaus Stein;
Archiv HGV; Foto Max Hickl

Tiroler Bauernfamilie am Mittagstisch, 15.08.1915;
Archiv HGV; Foto Max Hickl

Gabentisch zum 25. Dienstjubiläum Max Hickls; hinten: Ehrenbürgerurkunde mit folgendem Wortlaut: „Ehrenurkunde. Die Gemeinde Sachrang ernennt hiermit Herrn Hauptlehrer Max Hickl von der Schule Stein zum Dank für seine vieljährige Tätigkeit in der Gemeinde laut Beschluß vom 25. Juli 1926 zum EHRENBÜRGER worüber gegenwärtige Urkunde ausgestellt wird. Sachrang, den 1.9.1926, Bürgermeister Pfaffinger";
Archiv HGV; Foto Max Hickl

„Lehrer Hickl Zimmer" im Müllner-Peter-Museum Sachrang;
eingerichtet aus dem Nachlass von Max Hickl

Schulhaus Stein 2007, Süd-Ost-Ansicht;
Archiv HGV; Foto Wolfgang Bude

Fronleichnamszug in Sachrang vor dem alten Pfarrhaus am 14.05.1917;
Archiv HGV; Foto Max Hickl

Religionsunterricht von Msgr. Dr. Alois Röck in Stein am 29.03.1927 („Bergpredigt“);

Archiv HGV; Foto Max Hickl

Familie Schneider in Grattenbach mit einem Gedenkschild für ein gefallenes Familienmitglied: „Fürs Vaterland gefallen 1918 – Der Tod hat ihn dahingerafft in seiner besten Jugendkraft"; Archiv HGV; Foto Max Hickl

Lehrer Hans Heininger aus Sachrang. Er notierte als erster die mündliche Überlieferung der Geschichte des Peter Huber, alias „Müllner-Peter" von Sachrang; Archiv HGV

Familie Bauer, Hainbach und der „alte" Landinger-Vater; Archiv HGV; Foto Max Hickl

Familie Daffenreiter, Außerwald-Schwarzenstein;
Archiv HGV; Foto Max Hickl

Familie Feistl vor ihrem Anwesen in Schoßrinn;
Archiv HGV; Foto Max Hickl

Innenansicht der Antonius-Kapelle im Schulhaus Stein, 1917; Archiv HGV; Foto Max Hickl

Kapitel VII

Bildanhang „Der I. Weltkrieg" (1914-1918)

Eine Bildauswahl aus dem Nachlass von Max Hickl

Ausgelöst durch das Attentat auf den österreichischen Thronfolger, Erzherzog Franz Ferdinand, erklärte Österreich am 28. Juli 1914 dem Königreich Serbien den Krieg. Damit begann der Erste Weltkrieg. Wenige Tage später, am 1. August 1914, griff Deutschland durch die Kriegserklärung an Russland in die Auseinandersetzung ein.

Wie stark dieser Krieg jeden einzelnen berührte und in Mitleidenschaft zog, bekamen auch die Menschen in unserem Priental bald zu spüren. Die meisten Familien waren von Rekrutierungen, drastischen Einschränkungen und den mit Dauer der Kriegshandlungen steigenden Nöten betroffen. Die anfangs noch allerorts verkündeten heldenhaften Parolen und die Bereitschaft, das Leben *„für Kaiser, Volk und Vaterland"* zu opfern, wichen bald einer bestürzten Ernüchterung, als erste Todesmeldungen von der Front unser beschauliches Tal erreichten.

Aus den damals noch getrennten Gemeinden Niederaschau, Hohenaschau und Sachrang zogen von 1914 bis 1918 insgesamt 412 Männer in den unseligen Krieg. Jeder vierte (103 Gefallene!) verlor dabei sein junges Leben (die Verwundeten, die nach Kriegsende ihren schweren Verletzungen erlagen, sind dabei nicht mitgezählt).

* Die Zahlen sind dem Buch *"Aschau wie es früher war"*, von Max Ziegmann, entnommen

Zum Gedenken an die Opfer errichteten die drei Priental-Orte jeweils schon zu Beginn der 1920er Jahre Kriegerdenkmäler. Auf dem Niederaschauer stehen die Namen von 46, auf dem Hohenaschauer die von 41 und auf dem Sachranger die von 16 Gefallenen.

Die Folgen der dramatischen Verluste kann man besser begreifen, wenn man bedenkt, dass Hohenaschau und Niederaschau vor 100 Jahren zusammen nur etwa 1.750 Einwohner zählte.

Vor allem der *Lehrer von Stein*, Max Hickl, hat dazu etliche Fotos aus dem Priental hinterlassen. Mit seiner Kamera hielt er auch während der Kriegsjahre, die nur durch seine eigene Dienstzeit unterbrochen wurden (01.09.1917-15.04.1918), viele Szenen des täglichen Lebens und besondere Ereignisse fest. So ließen sich viele Soldaten (vor allem die Sachranger) von ihm in meist heldenhaften Posen fotografieren. Kein Wunder, dass auch eine Reihe seiner Portraits die späteren Sterbebilder der Gefallenen schmückten.

Auch die Bilder der russischen Kriegsgefangenen, die im Tal ihre Zwangsarbeit verrichteten und die des „Kriegskinderheims" Sachrang stammen von ihm.

Fotos zum Hohenaschauer Kriegslazarett im Festhallengelände und auf dem Schloss siehe Anhang VIII!

Kriegerdenkmal Niederaschau 2014;
Archiv HGV; Foto Wolfgang Bude

Kriegerdenkmal Hohenaschau 2014;
Archiv HGV; Foto Wolfgang Bude

Kriegerdenkmal Sachrang 2014;
Archiv HGV; Foto Wolfgang Bude

1. „Krieger-Gottesdienst" im Jahre 1926 in Sachrang;
Archiv HGV; Foto Max Hickl

„Heimkinder" des „Kriegskinderheims" Sachrang mit Pfarrer Josef Atzberger, Pfarrhaushälterin Frl.
Anna Stettner (Gitarre) und Schwestern um 1916; Archiv HGV; Foto Max Hickl

„Heimkinder" in Sachrang mit Pfarrer Josef Atzberger, Frl. Stettner re. und Schwestern um 1916;
Archiv HGV; Foto Max Hickl

„Heimkinder" des „Kriegskinderheims" Sachrang mit Pfarrer Josef Atzberger li., Pfarrhaushälterin
Frl. Anna Stettner (Gitarre) und Schwestern um 1916; Archiv HGV; Foto Max Hickl

„Heimkinder" des „Kriegskinderheims" Sachrang mit Pfarrer Josef Atzberger li., Pfarrhaushälterin Frl. Anna Stettner (Gitarre) und Schwestern um 1916; Archiv HGV; Foto Max Hickl

„Jugendwehr", Aschau bei Prien, 1915; im Hintergrund Schloss Hohenaschau. Archiv HGV; Foto Max Hickl

Kinder beim „Soldaten-Spielen" in Bach, um 1916;
Archiv HGV; Foto Max Hickl

„Kindersoldat" in Wehrmachtsuniform,
um 1916;
Archiv HGV; Foto Max Hickl

Die „Tumba" in der Pfarrkirche Niederaschau
(wurde bei Gefallenen-Gottesdiensten
in der Kirche aufgebaut); um 1926;
Archiv HGV; Foto Max Hickl

„Krieger" Adam Aigner 1918;
Archiv HGV; Foto Max Hickl

Johann Baptist Mayer, Gastwirt zu Neuhäusl,
gef. am 5.6.1915 bei Arras, 24 Jahre alt;
Archiv HGV; Foto Max Hickl

Grenzschutzsoldaten in Sachrang, die u.a. zur Bewachung der Kriegsgefangenen abgestellt waren,
1916; Archiv HGV; Foto Max Hickl

Paffinger Peter, Bauerssohn von Mitterleiten,
gefallen am 17.03.1915 bei Arras;
Archiv HGV; Foto Max Hickl

Josef Trixl, Bauerssohn aus Sachrang,
gefallen am 11.10.1918 mit 26 Jahren;
Archiv HGV; Foto Max Hickl

Soldat mit Frau 1916;
Archiv HGV; Foto Max Hickl

Rieder Georg, gefallen am 31.03.1916
in den Vogesen;
Archiv HGV; Foto Max Hickl

Russische Gefangene in Niederaschau;
Archiv HGV; Foto Max Hickl

Russische Gefangene in Niederaschau;
Archiv HGV; Foto Max Hickl

Kriegsgefangener Russe aus dem Lager Sachrang
in der Schule Stein beim Fotografen;
Archiv HGV; Foto Max Hickl

Kriegsgefangener in bayrischer Tracht;
Archiv HGV; Foto Max Hickl

Russische Kriegsgefangene vom Arbeitskommando Sachrang im Oktober 1918;
Archiv HGV; Foto Max Hickl

Russische Gefangene bei der Feldarbeit in Wildbichl, 1916;
Archiv HGV; Foto Max Hickl

Georg Oberlechner, Schwager von Max Hickl, als Feldwebel (vor der Holzhütte in Stein) 1916;
Archiv HGV; Foto Max Hickl

Aigner Adam, Stein, um 1918;
Archiv HGV; Foto Max Hickl

„Holzmeister" Pfaffinger aus Huben;
Archiv HGV; Foto Max Hickl

Postkarte an Pionier Max Hickl, der in der „Lichtbildstelle" Dienst tut;
Ankündigung seiner Entlassung aus dem Militärdienst 1918;
Archiv HGV; Nachlass Max Hickl

Selig sind die Toten, die im
Herrn sterben.
Joh. Offenb. 14. 13.

*

Eine größere Liebe hat nie=
mand, als diese, daß er sein
Leben für seine Freunde hingibt.
Joh. 15. 13.

*

Nun aber bleiben Glaube,
Hoffnung, Liebe, diese drei; das
Größte aber unter diesen ist
die Liebe.
1. Kor. 13. 13.

*

Recordare, Jesu pie,
Quod sum causa tuae viae,
Ne me perdas illa die.

*

Jesus, Maria, Josef, mit euch
möge meine Seele im Frieden
scheiden.

*

Den Freunden und Bekannten zu treuem
Gedenken, den Priestern zur Erinnerung
beim heiligen Opfer sei empfohlen
die Seele des Herrn

Edmund Freiherrn v. Würtzburg
Rittmeister der Reserve und Kom=
pagnieführer beim 2. Inf.=Regiment,
Inhaber des Eisernen Kreuzes und
des K. Militär=Verdienstordens 4. Kl.
mit Schwertern.

Er wurde in treuester Pflichterfüllung am
31. Juli 1915 in der Nähe von Peronne auf
einer Patrouille schwer verwundet und starb
am 2. August im Lazarett dortselbst den
Heldentod fürs Vaterland.

Sterbebild des am 02.08.1915 gefallenen Freiherrn Edmund von Würtzburg,
Bruder von Baronin Annie von Cramer-Klett; Archiv HGV; Nachlass Max Hickl

Das Liebste hat ✝ Herr, gib, es zu
uns der Tod tragen, uns Mut
entrafft, und Kraft!

Zum frommen Andenken
im Gebete
an den tugendsamen Jüngling

Georg Thaler,

Zimmermeisters-Sohn von Einfang,
Pfarrei Niederaschau,
Soldat beim kgl. bayer. Infanterie-
Leib-Regiment, 7. Kompagnie,
Inhaber des Eisernen Kreuzes II. Klasse
und des Verdienstkreuzes III. Klasse,

welcher am 6. September 1917 nach
mehr als 3jähriger treuester Pflichterfüllung im Alter von 32 Jahren 8
Monaten durch einen Granatschuss in
Rumänien den Heldentod für das Vaterland erlitt.

Geliebter Sohn, Du liegst begraben
In fremder Erde Schoß,
Als Held bist Du gefallen,
Das Leid um Dich ist groß.
Schlaf wohl, Du guter Sohn,
Der Abschied war so schwer,
Deine Lieben mußt Du so früh verlassen,
Seh'n Dich auf dieser Welt nicht mehr.

Druck von J. B. Gerlmayer in Prien.

Sterbebild von Georg Thaler aus Einfang, gefallen am 06.09.1917;
Archiv HGV; Nachlass Max Hickl

Sterbebild von Hans Mayer, Brandner-Sohn von Hohenaschau, gefallen am 18.04.1917;
Archiv HGV; Nachlass Max Hickl

Sterbebild von Georg Hauser, Hainbach, gefallen am 25.07.1918;
Archiv HGV; Nachlass Max Hickl

Bildanhang
„Das Reserve-Lazarett Hohenaschau"
(1914-1921)

Eine Bildauswahl aus dem Nachlass von Max Hickl.

Offiziell nimmt das Reserve-Teillazarett im Hohenaschauer Festhallengelände am 30.08.1914 seinen Betrieb auf. Erst am 31.05.192! wird es aufgelöst. Im Archiv des HGV liegt das Stationsbuch dieser Einrichtung.

Eintrag des ersten Patienten:

Vom Div. Stab der Bayer. B. Res. Div., Gefreiter Springer Georg, geb. 22.09.1892 in Halfing, Kr. Rosenheim, Oberbayern, Diensteintritt 22.10.1912, kath., bürgerl. Beruf: Dienstknecht, Dienstantritt als Rekrut in Rosenheim, verwundet am 12.03.1915, zugegangen am 20.10.1915 von Festungs-Lazarett II, Lille. Durchschuss des rechten Oberschenkels; abgegangen am 24.06.1918 zum Ersatz-Bataillon, Bayer. Infanterie-Regiment, München.

Die ersten Patienten mit Betreuungspersonal vor dem Hohenaschauer Lazarett (ehem. Ökonomiegebäude) 1914;
Archiv HGV; Foto Max Hickl

Der 321. und letzte Eintrag:

Vom Bayer. Inf. Regiment 2, 9. Kompanie, Niggl Joseph, geb. 23.06.1897 in Rosenheim, Dienstantritt am 19.08.1914, Schneider, Rekrut in Rosenheim, verwundet am 30.08.1918, Oise Kanal; zugegangen am 15.11.1918 vom Frz. Hosp. Löhn-Ehrenf.

Ein zweites, im Archiv des Heimat- und Geschichtsverein erhaltenes „Haupt-Krankenbuch", Vereins-Lazarett Hohenaschau für Unteroffiziere und Mannschaften erfasst vom 01.04.1915- 31.03.1916 weitere 266 Verwundete, die im Hohenaschauer Lazarett aufgenommen wurden. Zusätzliche Unterlagen liegen leider nicht vor.

Anna Reiserer, die im Lazarett arbeitete, verdanken wir folgende (auszugsweise) Einträge am Ende des o.a. Stationsbuches, die einiges zum Verständnis beitragen sollen:

„Das Lazarett im Stallgebäude wurde eröffnet durch Herrn Baron und Frau Baronin Cramer-Klett am 30. August 1914. Viele Verwundete fanden hier Pflege, Erholung und Genesung. Die Durchfahrt war als Küche, die Autogarage als Speisesaal, die Geschirrkammer war Saal A, die Wagenremise Saal B. Die Boxen Dienstlokale, das Waschhaus als Operationssaal eingerichtet. Im Vordergebäude wurden mehrere Zimmer als Krankenzimmer benützt, in der Rentei standen beständig 7 Betten, im langen Gang zum Operationssaal die Waschschränke. Die Offiziere waren teilweise im Hotel zur Burg, teilweise im Schloss untergebracht. Von den Verwundeten starben 11 Mann, doch liegen nur 3 im Friedhof zu Niederaschau beerdigt. Die anderen wurden in die Heimat überführt. Schwestern waren anfangs Reiserer Anna, Sollinger Johanna, Meier Rosa, Müller Elisabeth, v. Ferstel Emmi, Schmidt Minna, Minna aus Aibling, Mari aus Ampfing u.s.w. Anfangs hieß es, es dauere der Krieg nur bis Weihnachten, das Lazarett würde bald nicht mehr benötigt, aber es bestand 6 Jahre, denn der scheußliche Krieg dauerte bis 1918. Dann kam das Allerschlimmste, die Revolution........

Oft hatten wir Besuch im Lazarett. Sogar dreimal von den Majestäten, dem König und der Königin, ihrem Bruder, Erzherzog Stefan von Österreich, den Prinzessinnen und Hofdamen, auch von Herrn Kardinal Bettinger, welcher zur Firmung im Schloss war. Am 31. Mai 1921 wurde das Lazarett aufgelöst.

Ärzte waren Dr. Knorz, Dr. Hailer, Dr. Wimmer, Dr. Zimmermann, Dr. Weinmann, Dr. Scheicher, Dr. Beremann, Dr. Leixl. Lazarettaufseher Herr Hoock, früherer Stallmeister, Bademeister, Theaterdirektor Riesch, Masseur Georg Müller, im Büro Major Ripopier und später Maier.

Militärische Kriegspflegerinnen wurden wir im Oktober 1915. In den Jahren 1921, 1922, 1923 kam die Geldentwertung, Inflation genannt. Da ging jeder Be-

griff von Recht und Gerechtigkeit verloren, die einen bereicherten sich, den anderen wurde alles was sie erspart und erarbeitet hatten, abgenommen und niemand denkt daran, das dem Volke wieder zu geben. Man geht hohnlächelnd darüber hinweg – ist ja nur das Volk!"

In der Lazarettküche waren Fr. Babe u. Fr. Binder, als Gehilfinnen Julie Kindl, Kathi Huber u. im Laufe der Zeit noch verschiedene. Den Speisesaal hatte Theres Ketz. Als Büglerin Magdalena Ascherl, Wäscherinnen Margareta Wohlschlager, Fr. Hauser, Maria Zäuner, Anna Küfer u.v.w.

Anfangs war alles in Hülle und Fülle da, aber mit der Länge der Zeit wurde manches knapp, doch war es immer noch eines der besten Erholungsheime.

Am 30. Mai 1921 wurde das Lazarett geschlossen; alles wieder aufgeräumt, die letzten Patienten nach München geschickt u. wir alle außer Dienst gestellt….."

Reiserer Anna, 03.06.1926

Lazarettpersonal; in der Mitte Baronin Annie von Cramer-Klett in Schwesternkleidung; um 1915; Archiv HGV; Foto Max Hickl

Der Lehrer von Stein, Max Hickl, hinterließ uns auch zum Hohenaschauer Lazarett eine Anzahl von äußerst interessanten Fotografien, von denen wir gerne einige davon veröffentlichen. Sie versetzen uns in eine Zeit zurück, deren Ereignisse auch im Priental ihre Spuren hinterlassen hat.

Hickl schreibt dazu im Vorspann zu seiner Dokumentation:

„Da die Nachfrage nach diesen Lazarettkarten und Landschaftsaufnahmen mit im Handel nicht erhältlichen Motiven, wie Wildfütterung, Almabtrieb, Schneepflug, bespannt mit 8-10 Pferden, Rundblickkarten vom Geigelstein, Durchblick auf Hohen- und Niederaschau und zum Chiemsee ..., sehr groß war, wurden dieselben zunächst mit Genehmigung des Bezirksamtes und 1915 mit Genehmigung der Reg. von Oberbay. zum Verkauf für Wohlfahrtszwecke zugelassen (Reg. Entschl. Nr. 65930). Verkaufspreis dieser selbstgefertigten Bromsilberkarten im Laden 20 Pfg., im Lazarett an die Verwundeten 10 Pfg., gedruckte Karten die Hälfte. –

Die Reineinnahmen, mindestens 20% der Verkaufspreise, mussten für Kriegswohlfahrt Verwendung finden. –

„Das Bezirksamt Rosenheim wurde ermächtigt, den Nachweis ... zu prüfen." –
Der Reinerlös, insges. rund 1300 Mark, wurde vom Sachranger Wohlfahrtsausschuß und den „Aschauer Soldatenfreunden" in Form von Gutscheinen an die Kriegersfrauen verteilt. Für diese Gutscheine bekamen die Familien bei den Aschauer und Sachranger Kaufleuten kostenlos Lebensmittel. –

Insgesamt verarbeitete ich in den Jahren 1914 bis 1919 fast 25.000 Bromsilberkarten in der Dunkelkammer. – Diese Tätigkeit wurde unterbrochen in der Zeit meiner Einberufung (Okt. 1917 – Mai 1918).

Ich hatte im Badezimmer des Schulhauses eine für damalige Zeit gut eingerichtete Dunkelkammer mit elektr. Strom, den die von mir beschaffte und montierte el. Lichtanlage, betrieben von der Schulwasserleitung mit 16 Atü, lieferte! – (Es war dies die erste el. Einrichtung im Gemeindebezirk Sachrang.) –

Schwesternpersonal des Hohenaschauer Lazaretts mit Baronin von Cramer-Klett am 02.02.1916;
Archiv HGV; Foto Max Hickl

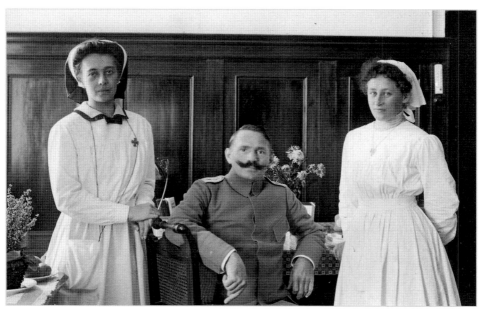

Baronin von Cramer-Klett mit Leutnant Nellberger und Schwester Rosa im April 1916;
Archiv HGV; Foto Max Hickl

Gruppe mit Verwundeten und ihrem Pflegepersonal vor der Kulisse von Schloss Hohenaschau;
Archiv HGV; Foto Max Hickl

„Gemütlicher Nachmittag" im Speisesaal; li. im Bild, Baron Theodor von Cramer-Klett mit seiner Frau;
Archiv HGV; Foto Max Hickl

Hochzeit im Lazarett; Baron von Cramer-Klett als Brautführer;
Archiv HGV; Foto Max Hickl

Hochzeit im Lazarett;
Archiv HGV; Foto Max Hickl

Brautpaar im Innenhof von Schloss Hohenaschau
am 12.08.1916 vor dem (inzwischen zerstörten)
Pavillon; Archiv HGV; Foto Max Hickl

Verwundete Offiziere im Einzelzimmer
auf Schloss Hohenaschau;
Archiv HGV; Foto Max Hickl

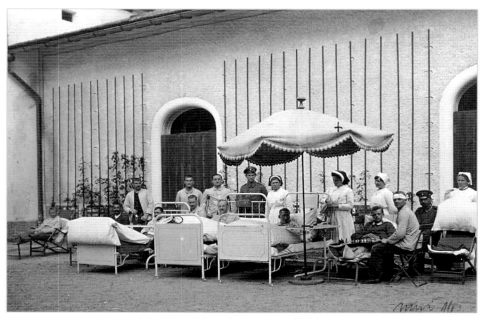

Bei schönem Wetter im Lazaretthof, Mai 1916;
Archiv HGV; Foto Max Hickl

Im Schlafsaal des Lazaretts;
Archiv HGV; Foto Max Hickl

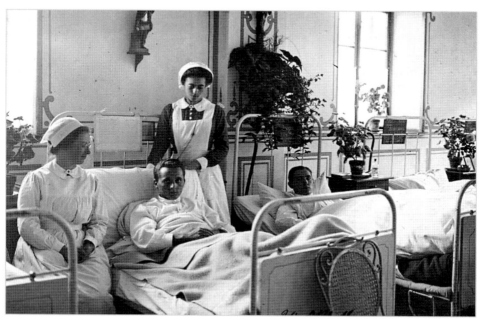

Im Schlafsaal des Lazaretts;
Archiv HGV; Foto Max Hickl

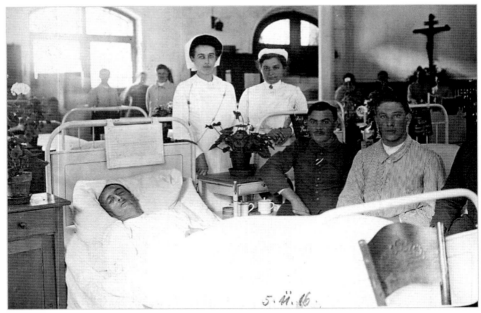

Im Schlafsaal des Lazaretts am 05.11.1916;
Archiv HGV; Foto Max Hickl

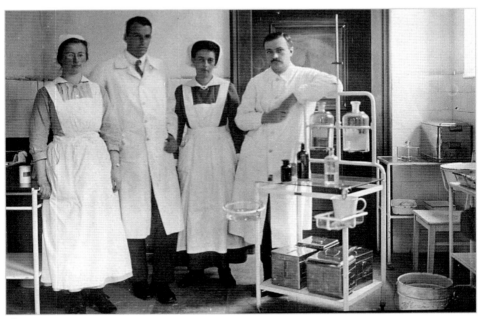

Ärztliches Personal; 2. v. li. Dr. Karl Leixl neben Baronin von Cramer-Klett, der spätere Schwiegersohn;
Archiv HGV; Foto Max Hickl

Verwundete Offiziere im Innenhof von Schloss Hohenaschau;
Archiv HGV; Foto Max Hickl

Am 2. Weihnachtstag im Jahre 1915; 1. Reihe, 4. v. li., der junge Ludwig-Benedikt von Cramer-Klett
und vermutl. seine Schwester Elisabeth; dahinter die Eltern, Baron Theodor und Baronin Annie;
Archiv HGV; Foto Max Hickl

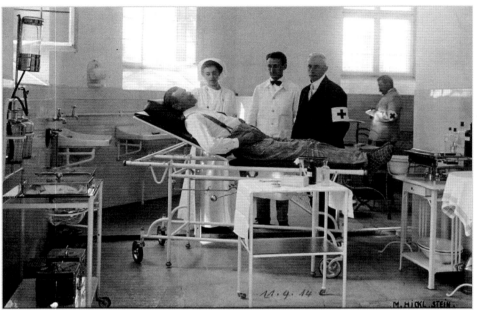

Im Operationssaal; stehend v. li. Baronin v. C-K., Dr. Neumann, Baron v. C-K., Helfer;
auf der Liege Hickls Schwager Georg Oberlechner;
Archiv HGV; Foto Max Hickl

Seine königliche Hoheit, König Ludwig III. von Bayern, besucht am 03.07.1915 das Kriegslazarett
mit seiner Gattin, Marie-Therese (rechts), in Hohenaschau, begleitet von
Baron Theodor von Cramer-Klett und dessen Frau Anna-Cariklia;
Archiv HGV; Foto Max Hickl

Spalier von Offizieren beim Empfang des Bayerischen Königs;
Archiv HGV; Foto Max Hickl

Begrüßung des hohen Gastes vor dem Eingang zum Lazarett;
Archiv HGV; Foto Max Hickl

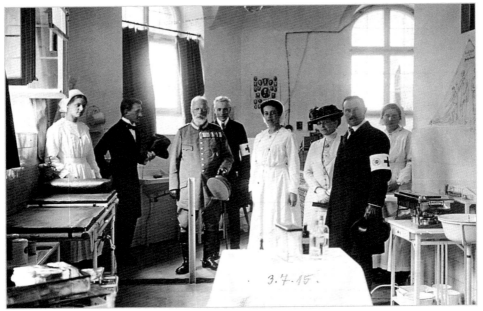

König Ludwig III. mit Begleitung im Lazarett Hohenaschau;
Archiv HGV; Foto Max Hickl

Blick in die Küche des Hohenaschauer Lazaretts;
Archiv HGV; Foto Max Hickl

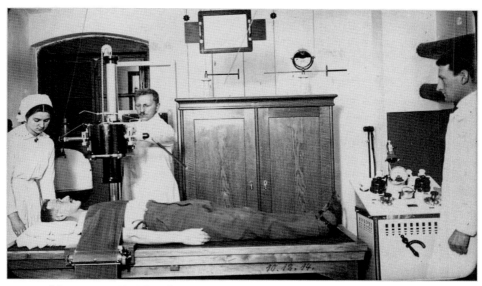

Röntgen anno 1916; Engelbert Aicher steckt noch eine französische Kugel im Herzen;
Archiv HGV; Foto Max Hickl

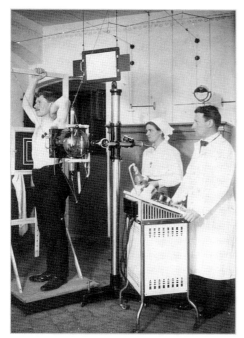

Röntgen anno 1916; Engelbert Aicher vor dem zu
dieser Zeit völlig ungeschützten Röntgengerät;
Archiv HGV; Foto Max Hickl

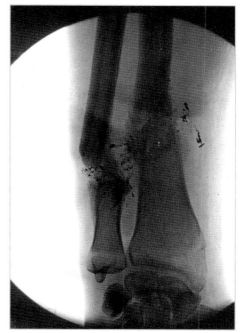

Röntgenaufnahme einer durchschossenen
Elle und Speiche, 1916;
Archiv HGV; Foto Max

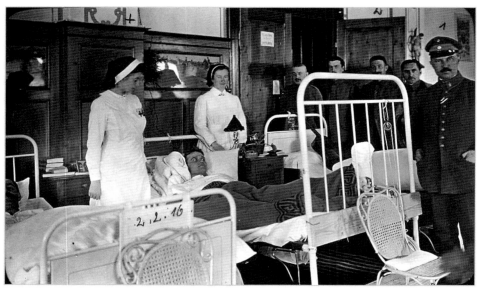

Im Saal 1 des Lazaretts; re. Dr. Knorz, Prien, 3. v. re. Forstwart Thoma aus Grattenbach;
Archiv HGV; Foto Max Hickl

Verwundeter Soldat im Rollstuhl mit seiner
Betreuerin vor Schloss Hohenaschau;
Archiv HGV; Foto Max Hickl

Gruppe mit Baronin von Cramer-Klett am
21.05.1916 vor dem Lazarett;
Archiv HGV; Foto Max Hickl

Verwundete Offiziere wohnten auch im Hohenaschauer Hotel „Zur Burg";
Archiv HGV; Foto Max Hickl

Erster Ausflug der Verwundeten am 01.09.1914 mit dem Fuhrwerk nach Grattenbach;
Archiv HGV; Foto Max Hickl

Rast der Verwundeten vor dem Schulhaus in Stein, 1914;
Archiv HGV; Foto Max Hickl

Blick in das Stationsbuch des Hohenaschauer Reservelazaretts;
Archiv HGV

Nr 43647.

Kriegsministerium.

Armee-Abteilung I.

München,   2. 5. 1916.

An

Herrn Max Hickl, Lehrer in Stein.

Betreff:

Postkartenzensur.

Auf Jhre Anfrage vom 25.4.1916 beehrt sich das Kriegsministerium mitzuteilen, daß von allen Aufnahmen von Kriegsgefangenen <u>vor</u> der Vervielfältigung 3 Exemplare dem Kriegsministerium (Pressereferat) zur Zensur vorzulegen sind. Bewachungsmannschaften dürfen nicht im Vordergrunde der Bilder und keinesfalls mit aufgepflanztem Seitengewehr sichtbar sein. Über den Verkauf der Karten an Gefangene entscheidet das zuständige Lagerkommando.

v. Kress.

„Zensur"-Auflagen des Bayerischen Kriegsministeriums
für die Aufnahmen im Hohenaschauer Lazarett;
Archiv HGV; Nachlass Max Hickl

Zu den Lazarett - Fotos (Original-Negative) schrieb Max Hickl folgende Widmung:

Möchten die Bilder aus dem Lazarett Hohenaschau der Bevölkerung des Prientales für alle Zeiten ein Erinnerungszeichen bleiben an die Schloßherrschaft Freiherrn Theodor und Freifrau Annie von Cramer-Klett, die ein Leben lang ihren Reichtum und ihr gutes Herz in den Dienst der Bewohner des Prientales und darüber hinaus stellten!-

Wenn ein Verwundeter des Tales an die Schloßherrschaft die Bitte um Aufnahme in das Heimatlazarett stellte, forderte die Baronin diesen sofort an.

Ich stifte diese Glasbilder am Tage der Fünfzigjahrfeier der Schule Stein, an der ich 19 Jahre als erster Lehrer wirkte und bitte, dass dieselben etwa wenigstens alle 5 Jahre den Schulkindern und Erwachsenen vorgeführt werden.

Aising, den 21. Dezember 1958
Max Hickl,
Oberlehrer i.R.

Der Autor

Wolfgang Bude
aufgewachsen in Rohrdorf,
lebt seit 1974 mit seiner Familie in Aschau i.Ch.

Die letzten 30 Jahre seines Berufslebens (1979-
2008) leitete er die Abteilung Tourismus in der
Gemeinde Aschau i.Chiemgau.
Er war maßgeblich beteiligt an der Gründung des
Aschauer Kneipp-Vereins, des Gewerbevereins Aschau (Gemeindeblatt)
und des Aschauer Heimat- und Geschichtsvereins (1984), dessen zweiter
Vorstand er seitdem ist. Er realisierte zusammen mit seinem Bürgermeis-
ter, Kaspar Öttl, dem Aschauer Gemeinderat und über 45 Autoren ein
Chronik-Projekt von 22 Quellenbänden, einem Register- und einem Ge-
samtband. Diese überregional beachtete Edition gab letztendlich den Aus-
schlag für die Durchführung der Bayerischen Landesausstellung 2008,
„Adel in Bayern", auf Schloss Hohenaschau, mit über 108.000 Besuchern.
Das kulturelle Image seines Heimatortes ist ihm ein Herzensanliegen, die
Geschichte des Prientals seine Leidenschaft.

Veröffentlichungen
des Heimat- und Geschichtsvereins Aschau i.Ch.

„Kulturwegweiser durch's obere Priental"
Wolfgang Bude, 1984; zusammen mit der Gemeinde Aschau i.Ch.

„Der Lehrer von Stein"
– ein Stück Zeitgeschichte aus dem Priental
Wolfgang Bude zusammen mit Dr. Siegfried Hickl, 1987

„Museumsführer" Prientalmuseum Schloss Hohenaschau
Andrea Schade, Martin Schütz, Wolfgang Bude, 1989

„Monsignore Dr. Alois Röck, Schlosskaplan auf Hohenaschau"
Prof. Julius Aßfalg, Wolfgang Bude, 1991

„Die Zeit des Müllner Peter von Sachrang", Buch
12 Autoren, 1993;
zusammen mit Gemeinde Aschau i.Ch. und Rosenheimer Verlag

„Musik – (s)ein Leben." Der Aschauer Komponist Hans Mielenz.
Bernadette Riepertinger, 1996

„Aufstieg, Fall und Ruhm des Pankraz von Freyberg", Buch
Prof. Dr. Dieter Schäfer, 1996; zusammen mit dem ECORA-Verlag Prien

„500 Jahre Almwirtschaft im Priental"
Rupert Wörndl, 1996

„Ortswegweiser" – Ortsrundgang von Nieder- nach Hohenaschau
Wolfgang Bude, 1999; zusammen mit der Gemeinde Aschau i.Ch.

„Das Chiemgau – Kreuz auf der Kampenwand"
Wolfgang Bude, 2001; zusammen mit der Gemeinde Aschau i.Ch.

„Vor- und Frühgeschichte im Priental", Teil I: Gemeinde Aschau i.Chiemgau
Dr. Werner Zanier, 2001; 170 Seiten, mit Übersichtskarte

„Das Aschauer Auferstehungsspiel" – Broschüre zum Schauspiel
Wolfgang Bude (Fotos Anita Berger, Grafik Margarete Baumgartner), 2005